어느 세무공무원의
세상 사는 이야기

어느 세무공무원의
세상 사는 이야기

1판 1쇄 발행 2024년 2월 23일

저자 이용희

편집 문서아   **마케팅·지원** 김혜지

펴낸곳 (주)하움출판사   **펴낸이** 문현광

이메일 haum1000@naver.com   **홈페이지** haum.kr
블로그 blog.naver.com/haum1000   **인스타그램** @haum1007

ISBN 979-11-6440-547-3 (03810)

어느 세무공무원의

세상 사는
이야기

목 차

어제 퇴근 후 고대 구로병원 장례식장에 다녀왔다. 가기 전 3천 원짜리 마스크를 사서 배낭에 넣고 늘 타고 다니던 잔차 대신 지하철로 이동했다.

오랜만에 타보는 지하철은 수많은 이용객들 중 아주 소수가 마스크를 착용하고 있었다. 비율로 보면 약 10% 이하 정도 될 거 같았다.

버스로 환승하여 도착한 병원에는 사람들이 없어 한산해 보였고 빈소에는 테이블의 70% 정도가 사람들로 채워져 있었다.

그런데 거기에는 마스크를 한 사람은 눈에 띄지 않았다. 그냥 평온한 일상이 었다. 독감의 일종인 메르스로 인해 무슨 난리라도 난 것처럼 떠들어 대는, 그러면서 정부 탓만 하는 언론과는 다르게 평온한 일상을 살아가는 그런 사람들이 존경스럽고 사랑스럽게 다가왔다. 나도 물론 마스크를 개봉조차 하지 않았다.

.

빈소에서 올만에 만난 친구들과 적당히 한잔 걸치고 버스로 귀가하는데, 노량진에서 아주 반가운 사람이 내가 탄 버스에 올라탄다. 나도 모르게 넘 반가워 그 형님의 튼실한 어깨를 툭 치면서 큰소리로 반가움의 표시를 하였다. 그러자 그 형님도 뜻밖이라 놀란 듯 반가워하며 그냥 헤어지기 아쉬우니 흑석동에서 한잔하자고 한다. 아주 맛있는 치킨집 있다고.

흑석동에서 내려 치킨과 호프 한잔. 늦게 공부하고 귀가하는 그 형님의 딸과 함께했던 늦은 밤의 그 자리가 유달리 더 포근했던 건 평온한 일상을 갈구하는 맘 때문인가 부다.

이런저런 소식을 전하고 전해 들으면서 어수선한 분위기 속에서도 묵묵히 평온한 일상을 꾸려가는 사람들. 소문에 가벼이 반응하지 않는 그런 묵묵한 사람들이 우리 사회의 버팀목처럼 다가온다.

여주 토끼탕

2016. 05. 01.

어제 여주에 있는 친구 찾아 잔차 여행을 맘먹구 동행할 친구를 섭외해 둘이 새벽에 나섰다. 동행한 친구는 서울과 부산을 두 번 완주한 친구.

여주 목표 도착시간 오후 한 시, 거리 약 110km. 지름길은 90km인데 도로가 라이딩으로는 적합하지 않는 42, 3번 도로다. 그래서 돌아가더라도 남한강 길로 노선을 정했다.

반포에서 출발 잠실에서 친구와 도킹, 첫 장애물 암사 오름길.
그런데 형이 준 잔차가 좋다. 오르막도 술술 잘도 올라가진다. 그렇게 술술 200~300m를 오르자 내리막이 반긴다. 거의 곧게 시야가 넓게 트인 내리막서 맘껏 쏘아본다. 오르막이 안겨주는 라이딩의 참맛이다.

시원하다. 세상 시름 다 날라간다.

야호~~~ㅎㅎ 썬나게 외쳐본다.

팔당대교를 남에서 북으로 건너 환상의 잔차 길로 접어든다. 그런데 옛 철길의 흔적이던, 군데군데 남겨져 있던 중앙선 역할을 하던 레일 자리가 흙으로 덮여 있다.

왜 그럴까… 아마도 전방을 주시 않고 타다가 철길로 잘못 들어가 사고 난 경우가 종종 있지는 않았을까. 그래서 큰 부상 예방 차원에서 흙으로 메꿔 놓은 건 아닐까. 그런 생각이 들었다.

능내역에 들려 옛 추억을 더듬어 보고 싶었지만 목표 시간 때문에 그냥 통과.

4월 말 절정의 푸르름이 최고의 계절 5월의 그것과 사뭇 다르지 않은 지금, 내 눈앞에 펼쳐지는 이 아름다운 풍경들이 그대로 녹화되어 친구들에게 전달될 수만 있다면… 아, 그럴 수만 있다면….

국수역 앞 식당에서 아침을 해결하고 다시 출발.

양평 시가지를 우회 통과한 우리는 남한강 변에 자리 잡고 있는, 지은 지 얼마 안 된 듯한 깔끔한 주택과 본토박이들이 거주하는 듯한 오래된 낡은 가옥이 함께 공존하는 지역을 지나간다. 모두가 수려한 남한강을 바라보면서.

'이곳에 낡은 주택이라도 하나 있으면 얼마나 좋을까….'

어느 정도 달려 나가자 또 한 개의 언덕길이 나온다. 아무리 가파르고 긴 언덕이라도 끝바는 내겐 없다. 그 고개 정상에 올라 잠시 숨을 고른 후 내리막길.

10

씬나게 내리쏘자 먼발치로 이포보의 우아한 정경이 잔잔한 안개 속에서 서서히 선명하게 눈앞에 펼쳐진다. 紙上에서나 보던 그 이포보다. 그냥 지나칠 수가 없어 인증샷을 남겼다.

또 어느 정도 달려가자 흐릿하게 여주보가 나타난다. 그 여주보를 동에서 서로 건너 인증샷.

여주 친구가 에스코트하러 차 가지고 나온단다. 그냥 우리끼리 약속 장소에서 약속 시간에 만나는 것이 더 극적일 것 같은 생각이었는데 아쉬웠다 ㅋㅋ. 그런데 거의 다 왔다고 생각했던 나머지 10여km가 왜 그리도 먼지….

드뎌 토끼탕집에 도착했다. 12시 47분. 목표 성취.
거리 110km, 예상과 딱 맞았다.
40여 년 만에 먹어보는 토끼탕. 소맥. 친구.
달려온 힘겨움이 다 사그라진다.

건강한 육신을 물려주신 부모님께 고맙구, 그 건강함을 유지토록 배려해 주는 마눌님에 고맙구, 쉴 수 있는 여유를 주는 회사에도 고맙구. 그저 고마움뿐이다.

친구들의 에너지를 먹은 사월의 마지막 날. 최고의 계절 오월은 이미 내 영역 안에 놓여 있다. 그저 즐기기만 하면 될 뿐. ㅎㅎ
활기찬 오월되셩~~~

이○숙

> 아! 융희의 기행문을 읽다 보니 내가 잔차 타고 여행한 느낌. 생생한 부연 설명까지. 안 가보고도 가본 것 같은 그 느낌. 그 에너지가 나에게도 전해진다. 모두에게 감사할 줄 아는 건강한 정신세계를 갖고 사는 융희라는 친구가 있어 행복하다.

퇴근주

2016. 05. 04.

어제 기름기가 가득 채워진 듯한 배 속을 가볍게 하기 위해 퇴근走를 할 수 있는지 퇴근 무렵 창밖의 하늘 상태를 살피었다.

구름이 개는 듯 짙은 구름 조각 사이로 희끗희끗 밝은 하얀빛의 구름 속살도 보였다. 그래, 뛰어 퇴근하자 맘먹구 반바지 긴 팔 웃옷으로 갈아입고 사무실을 나섰다.

강풍과 씨름하는 많은 사람들 틈을 벗어나 청계광장 청계천 내 산책로에 접어들자 태풍의 눈 속으로 들어온 듯 그야말로 잠잠한 고요 자체다.

날씨가 하 험악하여 산책로에는 다니는 사람조차 없다. 곳곳에 강풍의 흔적인 잔 나뭇가지들이 여기저기 흩어져 있고 초파일을 대비한 것인지 연등도 사정없이 바닥에 곤두박질쳐져 있다.

하류 방향으로 뛰는 동안 평상시 사람들로 북적이던 산책로에 걸리적대는 사람들이 없어 퇴근주 하길 참 잘 생각했네 하고 나를 위로해 주는데….
청계8가를 지나 신답철교쯤에 이르자 청계천 폭이 넓어지면서 고요했던 분위기가 서서히 본색을 드러내기 시작한다.

한양대를 우측으로 끼고 중랑천에 이르자 이런 젠장할! 비바람이 초겨울 기

12

운처럼 살갗을 파고들어 온다. 이런 날 중도 포기하면 저체온증으로 온전하지 않을 것은 자명, 강변북로 밑 산책로를 잠수교 방향으로 내닫는다.

잠수교를 북에서 남으로 건너 평상시처럼 동작대교를 거쳐 반포천을 따라 올라 가는 코스를 포기, 잠수교와 동작대교 중간쯤으로 나가는 지름길로 퇴근 주 마무리.

거리 17.5km, 시간 1시간 37분.
흡족하진 않지만 나름 숙제 하나 푼 듯. ㅎ
모두들 행복한 연휴 맞이하셩~~~

강○권

> 국문과 가서 작가할 걸 직업 선택 잘못한 거 아니야..?
> 주인 잘못 만나 다리가 뺑이치는구나..ㅋㅋ

5월의 마지막 불금

2016. 05. 28.

어제 오월의 마지막 금요일. 이틀간의 달콤한 휴식을 즐거이 상상하며 여행 같은 자전거 퇴근길. 오늘은 왠지 빡센 페달링을 피하고 싶었다.

안양천의 경치를 천천히 또 여유 있게 눈요기하면서 하류 방향으로 달리다 보면 가끔 나를 휙 지나치는 로드(싸이클) 라이더들.

남자들은 내 눈에 들어오지도 않는다. 그래 너 잘났다. 졸라 달려가거라 하는 마음뿐이다. 덩치가 자그마하고 등을 굽히고 상체를 낮춘 채 페달링하는 여성 라이더만 눈에 잡힌다.
  궁금하다. 앞서 달려가는 여인네들의 앞모습이. 때론 쫓아가 본다. 쫓아가 본들 보여주지도 않겠지만 따라가지도 못한다. 내 엠티비로는.

그렇게 안양천이 끝나가고 한강으로 이어지는 합수부를 거쳐 여의도 방향으로 내닫는다. 양화대교쯤에 이르러 자전거길 옆 널따란 밀밭. 밀이 누렇게 영글어 간다. 언제나 풍성하게 익어가는 곡식을 마주하면 마음마저 부자가 되어가는 그 느낌이 페달링을 멈추게 한다.

잠시 쉬어 폰으로 사진을 찍었다. 하나는 널따랗게 다른 하나는 세세하고 크게 해서 사진을 보는 이가 무엇인지 분명하게 알기 쉽도록 찍었다.

찍는 도중 60대로 보이는 아주머니 두 분이 가까이 살펴보고 만져도 보면서 얘기를 나누신다.

"밀이야 보리야…."

나 왈, "밀이에요."

하 오랜만에 보아서 헷갈리시단다. 밀이라고 말한 내가 다시 한번 가까이 세세하게 살펴본 즉, 어려서 봤던 그 밀이 아닌 거 같다.

내가 봐왔던 밀은 이삭 알갱이가 촘촘히 박혀 있었던 걸루 기억하는데 저건 그렇지 않다.

"그럼 보린가…."

"보리두 아닌데…."

혼자 중얼거리면서도 이런 내가 어이가 없었다.

주변이 맨 논밭 보리 밀을 눈에 가득 담고 살아왔던 내가 밀인지 보리인지 구분을 못 한다는 것이 쉽게 납득이 가지 않았다.

그런 다음 여의도 샛강 길을 샤방모드로 샤방샤방. 벤치에 앉아 사랑을 속

삭이는 연인들, 라이딩을 아마추어답게 이리저리 삐뚤빼뚤 사고로 이어질 수도 있게 타는 학생들.

그렇게 집에 도착. 부지런히 주린 배를 채웠다.

카레에다 비벼 먹구 열무김치 국물 떠 먹구. 카레가 부족해서 냉장고를 뒤져보니 된장국이 보였다. 션한 된장국에 또 말아 먹구 김칫국물로 칼칼하게 입가심.

밥을 다 먹어 치워 밥을 안쳐야는디 시간이 없다. 우리 해마지—배드민턴 동호인클럽—에 가서 한 겜이라도 더 해야지. 마늘한테 혼나더라도 한 겜 더 하는 게 나을 거 같다는 생각이 뇌리를 지배한다.

한두 시간 땀을 흠뻑 뺀 후 집으로 향할 즈음, 선○이가 한잔하잰다. 해마지의 특급 선○이가. 장소를 알아두고 집으로 가 깔끔하게 씻구 찾아가 호프 몇 잔 들이켠다. 소주로 간간하게 양념해서. 거기다 첨인 거 같은 선○이와 동상들.

한 주의 노곤함이 사라져간다. 예전엔 호프 한 잔을 완샷으로 마시기도 했지만, 그렇게는 못 해도 갈증이 해소되면서 느껴지는 만족감은 그때보다도 오히려 더 시원한 듯하다.

내 맘대로 쓸 수 있는 이틀이 놓여져 있음의 여유일까. 오월의 마지막 금요일은 선○이의 주선으로 내가 뜻했던 불금보다 더 찰지게 알찬 불금이 되어부렀다.

선○이 고마워~~~ 담번에 또 주선만 해. 계산은 엔빵하구 내가 만 원 더 낼께. ㅎㅎㅎ

존 주말~~~

이른 아침 버스 출근길.
엊저녁 음주로 국물이 몹시 땡겼다. 집에는 국물이 없다.
국물이 흥건한 찌개 생각이 간절하다.

버스로 출근하다 혹 길가에 찌갯집이 눈에 띄면 속풀이하고 가자 맘먹구 운전석 쪽에 앉아 있다 출입문 쪽으로 옮겨 앉았다. 길가 사정을 잘 살펴볼 요량으로.
드뎌 눈에 확 들어온다. 24시 찌갯집이. 간판도 널찍하고 식당 문도 활짝 열려진 게 분명 영업 중이다.

우산과 배낭을 챙겨 잽싸게 내렸다. 식당 한쪽 편엔 60대 중후반으로 보이는 아저씨들 대여섯이 아침부터 소주로 담소를 나누고 있었다. 커다란 양푼 그릇에서 칼국수를 건져 드시는 걸루 보아 마무리 단계인 듯 보였다.
메뉴판을 보니 김치찌개 1인분은 양푼이 아니고 뚝배기로 나오나부다. 서빙 이모에게 부탁했다. 국물 많이 달라고.

기다리고 있는 사이 아자씨들은 손수 냉장고에 가서 소주를 가져다 드신다. 그 모습이 꼭 나의 10년 후의 모습 같았다.

드뎌 나왔다. 뚝배기 김치찌개.
어머 이게 웬걸! 뚝배기가 장난이 아니다.

뚝배기의 직경이 한 뼘두 넘을 거 같다. 거기에 국물이 가득, 보기만 해도 흡족한 양이다. 특별히 국물 많이 달라고 주문한 탓에 다른 건 몰라도 국물만 큼은 남기지 말아야지 하고 먹기 시작하는데, 먹다 보니 금세 바닥이 드러난다. 약간의 아쉬움도 있지만 그런대로 최적의 양이고 최적의 맛이다.

서빙 아줌니한테 감탄사 섞인 말로 시원하게 잘 먹었다고 큰 소리로 건네자 주방장인가 부다. 주방에서 나오신 내 또래쯤 되어 보이는 아저씨가 나와서 흐뭇한 미소를 던지신다. 5천 원짜리 아줌니에게 건네며 또 잘 먹었다고 전하자 그 아저씨가 또 만면에 웃음을 보이신다.

맛있는 음식 저렴하게 파는 것도 사회에 봉사하는 것이라는 생각이 다시 한 번 더 드는 아침 출근길이다.

가을 전령 귀뚜라미

2016. 09. 16.

창문 너머 은은히 들려오는 새벽녘의 귀뚜라미 소리. 계속해서 쉼 없이 우는 소리, 약간의 간격을 두고 반복해서 우는 소리.
얘네들도 개성이 있나 부다. 소리가 다 똑같이 들리지는 않는다.
"삐삐삐삑….." 끊임없이 우는 소리,
"찌찌찌찍….." 잠시 쉬었다 다시 "찌찌찌찍…..", 또다시 잠시 텀이 있다 "찌찌찌찍…."

귀뚜라미가 아닌 다른 곤충의 소리인지는 모르지만. 그런데 느낌에 모두 귀
뚜라미 소리일 거라는 생각이 든다. 왜인지는 모르지만.

가을이다. 활동하기 가장 좋은 시절.
그 길이는 자로 잴 수 없는 짧은 기간이 될지 모르지만, 그 짧은 기간 놓치
지 말고 내게 주어진 계절을 만끽해야지.

그런데 발바닥에 충격을 주는 운동을 못 하니 별루 할 게 없다. 쉽게 접할
수 있는 건 오로지 라이딩. 달리기보다 더 넓은 풍경을 살필 순 있지만 시간당
체감 운동량은 그보다 휠 미치지 못하니, 같은 양의 효과를 볼려 하면 빡세게
오래 굴러야 한다.

좋은 날 좋아하는 걸 맘껏 할 수 있는 친구들이 부럽다. 오늘로 금주 20일
째. 일 단위로 카운트하기도 쉽지 않다. 이제는 주 단위로 카운트해야것다.

그런데 이상하다. 한참을 운동하고 퍼 재끼고 할 때는 하루 이틀만 술을 안
먹어도 몸이 날아갈 듯 가벼워 며칠만 절주해도 세상을 다 평정할 수 있을 듯
하더니 안 그렇다.

무려 금주 기간이 두 자리 숫자에 이르렀는데도 몸이 가볍지가 않다. 오히
려 더 피곤하다. 어제는 장모님 뵙구 처남댁에서 늦은 점심을 해결하구 일정
을 마무리했건만, 피곤하여 밤도 아닌 시간에 잠을 청할 수밖에 없었다….
왜 그렇지… 나의 에너지원 (배드)민턴을 가까이하지 않은 탓일런가….

임도 라이딩

2016. 10. 09.

첫 임도 라이딩.

한적함.

오르막의 헉헉거림.

내리막의 거칢.

모두 내게 생명력 같은….

한 무리의 라이더들.

헉헉 가쁜 숨을 뿜어내다 내리막에서의 터덜거림.

한 주의 스트레스 그렇게 날아가더라.

임도 한 코스를 끝내고 잠시 아스팔트 포장길 다운힐.

잘도 내려들 간다.

저네들처럼 속도를 못 내겠다.

짧은 다운힐을 마무리한 우리는 2차 임도로 접어들자

계곡 아래쪽에서 울려 퍼지는 중년 여인의 노랫가락.

"천상에서 다시 만나면~~~

그대를 다시 만나면~~~

세상에서 못다 했던 그 사랑을 영원히 함께할래요~~~♬"

사랑.

응어리인가 부다. 천상에서나 풀리는.

늦가을 출근길

2018. 11. 16.

KCC 본사 앞서 판교행 버스에 올랐다. 사람들이 거의 만석에 가까울 정도로 가득 차 있어 복도 쪽 빈 곳에 앉았다. 다음다음 정류소인 강남역 신분당선 정류소에서 가득 차 있던 사람들이 거의 다 내리더라.

여느 때처럼 창 넓은 창 쪽으로 옮겨 앉았다. 밖을 내다보는데 창과 창 사이의 틀은 방해가 되어 틀이 없는 넓은 창이 나는 좋다.

집에서 나오다 보니 다 간 것 같은 가을이 아파트 화단에도 또 그 공원에도 아직 걸려 있었다. 넓은 창 쪽에 앉아 남아 있는 가을의 정취를 눈에 한 번이라도 더 담아두고 싶어지는 마음이 모두의 마음이라 생각이 드는 건 그르지 않을 것이라.

큰길 가 마로니에 잎새도 아직 가을이 다 간 건 아니라고 주의를 주는 듯하다. 그 잎새가 잎 중간에는 초록의 기운이 아직도 선명하다.

눈에 자주 띄는 붉은 빛의 단풍나무, 플라타너스는 건재하다는 듯 푸른 빛이 강하지만 그 나무 밑에도 별수 없이 갈색 낙엽들이 수북하게 쌓여 있다.

입학하기도 전 1번 국도변, 떨어진 플라타너스 낙엽을 땔감 한다고 지푸라기를 길게 엮어서 낙엽 가운데를 뚫어 꾸러미를 한 기억이 잔잔한데…. 그게 반세기가 지났나 보다.

가을이 가는 아쉬움은 곧 가을뿐만이 아닌 나이 먹어가는 설움을 달래 보는

어느 세무공무원의 세상 사는 이야기   21

맘은 아닐까도 생각되는 금요일 출근길.

세월 감은 막을 순 없지만, 그를 보내는 아쉬운 맘들은 똑같을 터. 부닥치며 어울려 보냄으로 그 아쉬움을 달래보고 싶은 마음. 가을은 그렇게 사람을 그리는 계절인가 보다.

불금들 되시오~~~ ㅎㅎ

마지막 달 첫날의 넋두리

2018. 12. 01.

떠들썩대며 흥겨워했던 시간도
함께 나누며 담아왔던 추억도
아스라이 기억 저편에서 아른거릴 뿐
어김없이 흘러가는 세월이
그 아쉬웠던 추억들을 더 그리워하건만
우리들의 사랑 이야기는 왠지
물에 물 탄 듯 그렇게 서럽게 느껴짐은
무슨 연유일꼬

지나가는 세월이 어느덧 우리들을
56세의 마지막 달에 데려다 놓고

아무렇지도 않은 듯 또 달려 나가고

지나간 시간의 회한이
올 한 해의 마지막 달 첫날에 그냥 낙서 삼아
여기 우리 밴에 한 자라도 남겨 놔야
우리 밴이 또 올 친구들이 겪을 외로움이
덜어내어질 듯해서

그냥 그렇게 끄적거려 본다
건강하고 재미지게 마무리 잘해야지
나두 칭들두….

두근두근 출근길

2018. 12. 17.

분당행 버스에 올랐다.

운전석 바로 뒷자리에 고급진 코트를 입고 앉아 있던 여인. 나이는 우리 또
래 전후로 보이는데, 버스 문턱을 오르던 나와 눈이 마주쳤다.

모습이 아름다웠다. 눈길을 쉬이 돌리기 싫었다. 그녀 또한 유심히 나를 바
라보는 듯했다. 잠시 1, 2초의 여운에 가슴이 콩닥거리며 사타구니에는 나도

모르게 힘이 들어간다.

　바로 그 뒷자리에 앉았다. 그녀 자리 바로 옆에는 정차 버튼이 없었나 보다. 자꾸만 창 뒤쪽으로 눈길을 주더니 내 옆에 있던 정차 버튼을 누른다.

　'아차, 눈치껏 눌러줄걸.'

　다음 정류소에서 내리면서 복도 쪽에 앉아 있는 내 오른 어깨에 버스의 흔들림을 이용, 그녀의 엉덩이를 힘껏 문대며 내리는데….

　무얼까… ㅋㅋ

강○권

바~보 ㅎㅎ 그렇게 쿠션 때렸건만….

황○석

정신 바짝차려라~~ㅋㅋ 한 번에 훅 간다!

최○동

ㅋㅋㅋ 으이그

최○숙

이구 이구~~~

이용희

말이 되든 안 되든 자극이 있는 삶은 곧 즐거움이다 ㅋㅋ

어제 노량진에 있는 닭발집에 갔다.

도착 시간 18:40, 우려한 대로 자리가 없었다.

곧바로 아가씨들 패거리가 우리 뒤이어 올라온다.

서빙하던 아주머니가 순서를 매겨 주신다. 우리가 1순위고 아가씨들이 2순위라고. 분명하게 순서를 정해주심에 마음이 놓였다.

그런 후 언제쯤 자리가 날까 하고 먹고 있는 자리 전부를 한 바퀴 돌며 둘러보았다. 두 군데가 거의 다 먹은 거로 파악하고 나와서 함께 간 형한테 두 군데가 자리가 날 것 같다고 얘기했다.

그 얘기를 엿들은 후순위의 아가씨들도 자기들도 곧 앉을 수 있다는 기대감에 좋아라 한다.

그러면서 한 아이가 한마디 던진다.

"추가 주문하면 어쩌지?" 하면서 장난치듯 얼굴에 미소를 띄운다.

참 이쁘다. 그 말속에는 더 기다릴 수도 있다는 액면 이면에 그럴 리는 없겠지 하는 기대가 섞여 있는 느낌이었다.

드뎌 자리가 났다. 60 전후의 아저씨들이 서둘러 자리를 비워주는 모양새다. 고마웠다.

비좁은 자리에 외투 벗어 비닐에 넣고 틈을 만들어 둘이 앉았다. 닭발 1인분, 똥집 1인분, 그리고 카스처럼 요렇게 시켰다. 소맥을 한 잔씩 말아놓자 닭발 1인분이 먼저 나왔다.

소맥 한 잔 들이켠 후 닭발 한 점.
"캬~~~ 지긴다."
친구 하나 추가 합류하고 또 형 하나 합류해서 넷이서 그렇게 새해 첫 불금이 스러져 갔다. 콩나물국이 땡기는 첫 주말 아침이다.

모다 편한 주말~~~ ㅎㅎ

질퍽거림

2019. 02. 23.

16:10 조치원행 고속버스에 올랐다.
집에서 두 시쯤 모바일로 티켓팅해 놓고 여유 있게 나와서 걸어 터미널까지 온 다음, 시간이 10분 남아 로또 복원 3천 원어치 자동으로 사고 좀 둘러보았다.

승강장에 버스가 도착, 사람들이 승차하고 있어 늘 16:05 금산행이 출발하고 나면 조치원행 버스가 들어와 5분 새 다 태워 출발하곤 해서 금산행이 넘 늦게 왔나 보다 하고 버스 전면을 보니 금산행이 아닌 내가 탈 조치원행이 맞았다. 갤러리 폴더에 저장된 모바일 티켓을 단말기에 들이댔다.

"승차권을 확인하세요."라는 멘트가 나온다.

떼었다 다시 댔다.

또 "승차권을 확인하세요."라고 나온다.

버스 기사 왈, "승차권을 확인해 보세요."

"아니, 이 차 조치원행 16:10 차 아닌가요?"

기사가 핀잔준다. 똑바루 확인하라고. 똑바루 티켓을 봤다.

아니 이뤌!!! 젠장!!! 거꾸로 끊긴 티켓이었다. ㅠ

조치원발 서울행. 탄식을 하며 혼잣말로 "노인네가 다 됐네."

나 자신이 한탄스럽다는 표정으로 차 안을 둘러보니 어떤 이는 공감하는 미소를, 또 어떤 이는 버스 입구에서 질퍽대는 모습이 짜증 났는지 핀잔하는 표정도 보이고 했다.

다행히 시간이 좀 남아 버스 기사가 한 자리 남았다고 결제 카드 달라고 해서 자리 확보하구 예매했던 티켓은 기사가 취소하여 주었다. 참 어이없는….

예매할 때 자주 다녔던 노선이라 자동으로 뜨길래 맞는 것으로 보고 끊었는데 헛것을 본 것이었다. 매사 보다 더 조심, 신중해야것다. 노인네 길 내가 가장 앞서나가나 부다. ㅠ

제주 교육원 교육

2019. 03. 31

일주간 제주를 아주 일부만 느꼈는데 아쉬움이더라… 서귀포 혁신도시 주변 음식점들은 어쩜 그리 맛이 없던지… 쥔장들은 손님을 적으로 생각하는 듯 쌀쌀맞고….

시험을 이틀 남기고 서귀포 구시가지 용이식당은 참 신기하였다.

맘먹구 룸메하구 택시타구 가서 이 인분을 시키고 카스처럼을 주문하였다.

"우린 술 안 팔아요."

순간 당황하지 않을 수 없었다. 술 먹자구 전날 얻어먹었던 내가 사겠다고 갔는데, 술 안 파는 식당으로 형님을 모시고 갔으니….

많은 식당들은 그렇다. 외부 음식 반입 금지.

당황스러워하는데… 한 서빙 아지메가 그러신다.

"조기 돌아가 술 사다 드셔요."

"네에???"

휴, 다행이다. 그 아지메는 가게 장소를 세세하게 손짓으루 알려준다. 약 30m 떨어진 그 구멍가게 가서 문 앞에 있는 냉장고를 보니 술이 안 보였다.

순간, '이뤈!!! 뭐야….'

쥔장에게 물었다. "아니. 술 없는 건가요?"

쥔장 아지메 70 정도로 보이는 할머니 왈,

"아니, 가게에 술이 어떻게 없을 수 있어욧!"

인상을 찌푸린 채 그러신다.

그러면서 그 쥔장 바로 앞에 또 하나의 냉장고가 눈에 띄었고 그 안에 그 정겨운 갖은 술병들이 가득한 게 보였다.

다행이다. 카스 두 병 한라산 세 병을 사 가지고 나왔다. 안주가 익어가고 소맥 말아 한 잔 붓고 안주 한 점.

"캬~~~ 맛있다."

제주를 찾은 지 며칠 만에 그런대로의 맛집 구경이었다. 그런데 문 입구 가장자리 테이블에 앉아 내가 문 쪽을 바라보며 먹고 있는데, 사람들이 종종 차를 대충 대 놓구 들어와서는 금방 검은 봉지 싸 들고 나가고 또 한 차가 또 대충 주차 후 봉지 들구 나가구.

포장 손님이 많았던 것이었다. 신기하였다. 자선사업 하나…. 술 팔면 술로 남는 이득이 상당할 텐데 그 이득을 아랑곳하지 않는 쥔장이 의아하다. 그렇게 2인분을 다 먹구 밥을 제외한 1인분 추가해서 계산하니 20,500원. 그 가격 참 착하다.

술도 같이 팔면 병당 순익 2천 원씩만 계산해도 만 원 이상의 순익을 남길 수 있음에도 아무렇지도 않은 듯, 사다 잡수라는 쥔장의 넉넉함이 은연히 내게도 전해지는 느낌이라 다른 곳서의 야박함이 용이식당에서의 넉넉함에 모조리 상쇄되었다.

교육 마지막 날 셤 치르구 제주서 1박하고 서울행.

비행기 창밖으로 펼쳐지는 구름과 산과 들판을 바라보다 산밑이면 어김없이 군데군데 눈에 띄는 저수지들. 저수지가 저리 많은 줄 몰랐다. 최대의 곡창

지라 그런 건지는 모르지만….

다음 주도 업무에 복귀 안 해서 일욜 아침이 더 여유롭다.
다음 주는 수원서 또 일주 교육ㅋㅋㅋ

조기 퇴근
2019. 09. 01.

금요일, 유연근무제 조기 퇴근 날이다.
조기 퇴근했다. 한 시간 일찍.

집에 도착 후 그간 빨지 않던 배낭을 빨았다.
그리고 한잔 생각이 굴뚝 같았다.
고교 동창 모임 장소가 강동에 가까운 곳이라서 참석할 엄두가 나지 않았다.
안줏거리로 닭발이 땡겼다. 노량진의 닭발집에 잔차로 다녀올까.
어떡할까….

이런저런 생각 하다가 가까운 남성시장에 가서 곱창볶음 사다 먹자 하고 안
타던 잔차 바퀴 공기압 상태를 손으로 살펴봤다.
양호하다.
배낭은 빨고 다른 하나의 배낭은 업무용 서류 등으로 채워져 있어서 벨트백

차고 잔차 끌구 나갔다.

 인도로 천천히 시간 구애 없이 사부작사부작 굴렀다. 그런데 경문고 전 슬슬 페달링하던 중, 큰길인 동작대로의 횡단보도 신호등이 초록으로 바뀌고 난 그대로 인도로 주행하는데….
 저 앞 약 100m 전방에서 사람들 틈을 헤집고 열라 내 쪽으로 뛰어오는 30대 정도의 남자가 보였다.

 그 청년은 뛰는 중간 눈길을 횡단보도 신호에 힐끗힐끗 두는 것으로 보아 길을 건너기 위한 달음질 같았다. 그런데 그 달리는 모습은 가히 올림픽 100m 결승전에서 우승이라도 하려는 듯한 그런 기세였다.

 잔차로 이동하면서 본 나도 그랬고 걸어 가면서 그 광경을 보던 우리 또래로 보이는 한 아주머니 또한 나와 같은 생각인가 보다.
 그녀는 가던 길을 멈춘 채 그 남자의 궤적을 따라 눈길을 주면서 무어라 지껄인다. 그 입술 움직임으로 보아 내가 생각했던 그대로의 독백 같아 보였다.
 "저 미친놈, 뭐라구 저리 뛴댜."

 가만 서서 혼잣말로 지껄이는 그녀 곁을 잔차로 지나며 내가 한마디 던졌다.
 "대단한 열정이유(달리는 그 남자)."
 그랬더니 못 알아듣는다.

 거듭 얘기했다. 대단한 열정이라구. 그러자 알아들은 그 아줌니 파안대소한다. 내가 덧붙였다. 대단한 열정이지 핀잔할 게 아닌규….
 그랬더니 더 큰소리로 떠나갈 듯 웃어 젖힌다.

그녀가 웃어 젖히는 소릴 들으면서 계속 전진한 나두 계속 웃음이 얼굴에서 떠나가질 않더라 ㅎㅎㅎ

엉뚱

어제는 오전에 절에 다녀오고 방생두 하구 코스트코에서 장두 짤막하게 보구 집으로 도착.

현관 앞서 주차 후 짐을 부린 다음 시동을 끄지 않은 차를 주차 장소에 박으려 운전석에 앉으려 문을 열고 탄 거야.

타구 나서 보니 핸들이 없어 다시 주위를 살펴보니 운전석 뒷자리에 탔던 거야. 마눌이 지켜보다 "참, 내." 하며 웃어대구 나 또한 어이가 없었지.

치매기가 듬성듬성 찾아오는 거 같기두 하구.
이런 경우들 있었남? ㅠ

한강변 달리기

어제 코로나로 인한 달마 배드민턴장의 폐쇄로 주말이 한가해졌다. 주말에 심심한 적이 언제였는지 아득하다. 심심하다. 예전엔 여가의 최우선이 달리기 였던 때도 있었지만 말이다.

2007년 민턴에 입문한 후로는 민턴에 미쳐 달리기는 후순위로 밀린 지 오래다. 그러나 짧은 시간에 깔끔함을 안기는 운동은 역시 달리기가 최고다.

점심 먹고 마눌이 관악산 둘레길을 가자더니 구찮은 모냥이다. 머리를 자른 다 했다. 부분 파마를 한다는 둥 산에 갈 의지가 없어 보였다. 다행이다. 마눌 과 등반하면 내 성에 절대 차지 않기 때문이다.

TV 보다 톡 하다 밴 하다 노래 듣다 하는 것이 허송세월 보내는 것 같다라 는 생각은 오후 세 시쯤.

가자!!! 달리러. 어제 14km 뛰긴 했지만 그 효과는 몸으로 느끼기에는 시원 찮았다.

마스크 없이 반바지 반팔 차림으로 물통 차구 핸폰용 벨트 백 차구 엘리베 이터 불러 놓구 준비 운동하다가 타구 내려 갔다. 아파트 옆 약간의 공터에서 못다 한 준비 운동을 마저 한 후 앱을 켜고 달려 나갔다.

첫 신호등 이수교차로. 보행 신호등이 막 꺼져서 제자리 뛰기를 약 2분 이 상 하고 다시 보행 신호 켜지자 본격 뛰기 시작했다. 반포주공 옆 반포천으로 접어들었다.

여기서부터 잔차 길로 뛰었다. 보행로는 어제 경험으로 사람이 많아 뛰는데 지장을 주어 아예 잔차 길로 뛰기 시작했다.

500여m 전방 동작역사 밑으로 통과, 한강으로 진군!

본격 한강이다.

목표는 영동대교 왕복.

반포 서래섬을 지나 반포대교 밑 잠수교 남단을 지났다.

잔차 길 진행 방향으로 우측 바짝 붙어 흰색의 경계선을 밟으면서 뛰었다. 라이더들이 혹 저 새끼는 보행로 놔두고 웬 잔차 길로 뛰구 지랄여 할까 봐 그런 거다.

한남대교를 앞두고 한 컷. 물도 한 모금 마시고 동호대교 전 강북을 방향으로 또 한 컷.

성수대교 전. 성수대교를 지날 즈음 영동대교까지는 쉽지 않겠다 여기고 압구정 나들목까지만 갔다 오자 맘먹었다.

압구정 나들목서 턴, 동호대교 남단 밑서는 옛날 구 잔차 길로 접어들었다. 선택을 잘했다. 한가하다. ㅎㅎ

왼쪽으로는 올림픽대로 경사면에 개나리가 반쯤 핀 것 같았다. 그를 배경으로 샥시들이 기념 촬영들을 하고 있고.

화장실에 들러 소변도 기다렸다 보고 계속 달음질.

잠수교 남단을 거쳐 동작대교 방향으로 내닫는데 전화가 온다. 친한 술벗인데 달리기 중 전화 받는 것두 짜증 난다. 끊었다. 달리기 중이라고 짧게 답한 뒤.

동작대교 남단을 거쳐 반포천으로 접어들었다. 또 울린다.

민턴 동생이다. 흑석동으로 오란다 술 먹으러.

한 1분 후 또 울린다. 이번엔 민턴 형이다. 알았다고 끊고 이수교차로까지 달리고 신호 대기 중 마무리.

기분 주긴다. 이틀 연속 달려본 적은 십수 년 만인 거 같다.

개운하게 씻구 달려갔다 술 먹으러. 고고~~~ ㅎㅎ

라이딩 출근

2020. 05. 01.

구찮었던 출근 채비. 일어나는 것두 라이딩 채비하는 것두 모두 다 구찮었다. 앞에 놓인 나흘간의 연휴를 기대하며 힘겹게 채비하고 음악 들으며 출발.

노들역을 거칠 무렵 약간의 오르막 그리고 약간의 내리막 그리곤 대방역까지 거의 평탄함. 대방역 앞 신호등이 직진 신호다.

약 150m 전에서 직진 신호를 확인한 직후, 그래 좀 더 달려 나가면 좌회전 신호가 들어오겠지 하는 순간 녹색불이 꺼지고 노란불이 켜진다.

'에라이, 신호 못 타것네….' 하구, 오던 페이스대로 굴렀는데 아직도 좌회전 신호가 꺼지지 않는다.

'어… 통과할 수 있을 거 같은데….'

3차로(갓차로)를 주행하던 나는 좌회전 차선으로 차로 변경, 빡세게 굴렀다. 교차로 진입 전 30m, 20m, 10m, 드디어 교차로 진입. 그때까지 좌회전 신호가 켜져 있어 한시름 놓으면서 턴할 수 있었다.

대방역 앞 신호등을 무정차로 통과한 후 한시름을 놓고 몰아붙였던 페달링을 좀 느슨하게 가져가면서 가쁜 숨을 몰아쉬어 줬다.
다행히도 공군호텔 앞 신호등이 빨간불이다. 잠시 숨을 고른 후 약 200여m의 오르막. 헉헉대자 그 짧은 거리와 페달링에도 등과 겨드랑이에 땀이 배는 느낌이 확연하고 헬멧 밑으로 땀방울이 뚝뚝 떨어진다.

드디어 땀 빼기 좋은 오월이 왔다. 삼실 주차장에 파킹 후 바람막이를 벗어 재꼈다. 땀이 옷에 덜 배라고. 글구 샤워가 주는 상쾌함. 캬~~~ 상쾌함에 나도 모르게 쾌재를 부른다. 오월은 달리 오월이 아닌 게지, 아닌 게야.

오월, 쉰나게 달려 나가 보세~~~ ㅎㅎ

콩나물국

2020. 05. 23.

아스파라긴산
온몸으로 퍼지는
알콜 사냥꾼

먹느냐 정신없었네
세 그릇

밥은 한 주걱
살짝

돼지껍데기

2020. 05. 28.

언젠가부터 잔차 체인에서 계속 소리가 나서 체인이 드레일러에 닿는 소린 줄 알고 강○나 수○이가 갈켜준 대로 나사 조절을 하구 텐션 맞추구 했는데도 계속 나는 소리에, '에라이 몰것다 점포에 가 봐야겠다' 하구 어제 퇴근해서 우선 배고프니 막걸리 한 병 깐 후 잔차 타구 경문고 주변 점빵에 갔지.

서너 명이 점포에서 저녁을 먹고 있더라구. 도시락을 싸다 먹는 거 같았어.

주로 손 잘 보는, 나이가 우리와 비슷하거나 몇 살 더 먹어 보이기도 하는 아저씨는 반주를 겸해서 식사를 하더라구. 소주병은 녹색 병이더라구.

그 아저씨가 식사를 거의 다 했는지 문제점을 묻길래 얘기했지

체인이 닿는 소리가 난다구, 그리구 가끔 헛돈다구.

그랬더니 거치대에 잔차를 걸쳐 놓구 기어 변속하며 회전시켜 보더니 그러는 거야.

이거 윤활이 안 돼서 그런 거다. 쇠와 쇠가 부딪히는 소리다 하면서 기름칠해 가며 변속하면서 싹 돌리더라구.

그러니깐 진짜 소리가 안 나더라구. 고마웠지.

남성시장 가서 껍데기 5천 원짜리 두 팩 사구 소주 참이슬과 처음처럼 각 1병씩을 사 들구 집으로 가다 점빵 들러 그 아저씨 보고 그랬지. 아까 고마워서 안줏거리 껍데기 제 거 사면서 아저씨 것도 한 개 샀다구. 소주는 뭐 드시냐구 물었지.

그 아저씨 왈, "아이고, 고마워라 눈물 나려고 하네." 하면서 소주는 처음처럼 드신다길래 껍데기 한 팩과 처음처럼 한 병을 탁자에 두고 왔어.

거듭 고마움을 표하면서 자주 들리라 하더라구. 언제 시장 가서 돼지 곱창에 소주 한잔 나눠야겟어.

전류리 라이딩

2020. 05. 31.

어제, 한강 최북단 포구인 전류리 포구로 고교 동창 넷, 동생 둘 모두 여섯이 라이딩 여행을 떠났다.

동작대교 남단에서 오전 10시 집결 출발~

내가 선두로 나서 한강 하류 쪽 마지막 편의점인 방화대교 바로 지나서까지 논스톱 질주. 잠시 쉬며 목도 축인 다음 전류리까지 논스톱으로.

한가로운 평화누리길 따라 우측으로는 한강 철책, 자전거 도로는 자동차 진입이 거의 없는 전용 길. 쉼 없이 거듭 북서진하다 전류리 도착.

　포구 입구에는 커다란 숭어 입간판이 포구임을 알려주고, 입구를 지나고 잠시 배회하자 식당이 딱 한 곳밖에 안 보인다.

　순간, '여기가 포구 맞나….'

　유일한 식당으로 들어갔다. 2층에 소재한 식당에서 매운탕과 숭어 무침으로 1차. 식당 사장 왈, 회 드시려면 포구 가서 떠 오란다.

　1차를 끝낸 우리는 아쉬움에 포구로 우리도 모르게 내려가게 되었고, 포구에 가보니 수족관에 황복들이 놀고 있었는데 첨 보는 황복들이 참 구엽게도 생겼더라. 이놈들이 그 귀한 황복이로구나… 그 귀한 놈들을 보노라니 비싸더라두 한 점씩 해보자 하구 가격을 물으니 kg에 15만 원이란다. 그래, 먹어보자.

　피를 빼는 데 40분을 기다려야 한단다. 기다려서라도 먹구 가자 하구 일부는 먼저 바로 옆에 있는 이마트 뒤뜰을 우리 전용 자리로 맡아 놓구 봉지를 자리 삼아 먹거리를 펼쳤다.

처음 대하는 황복. 그 쫄깃함은 가히 다른 회들이 따라올 수 없는 황홀함이었다. 그런 다음 퍼져 쉬다가 귀가.

총 89km, 또 라이딩의 한 추억을 연 오월의 마지막 토욜이다.

창문을 열어젖혔어. 방충망만 남겨두고.

실내 공기가 탁한 거 같기도 하고 덥기도 하고. 시원한 새벽 공기가 내부로 들어오며 방안 기온을 쾌적하게 만들어 주었지. 다섯 시가 안 돼서는 방충망에 모기들이 여러 마리가 앉아 있길래 저게 밖에 있는 건지 안에 있는 건지 분간이 안 되는 거야.

'혹시 안에 있는 건지두 몰라.' 하고 전기 모기채를 갖다 대봤더니 어디론가 사라지더라구. 밖에 있는 거였어.

여섯 시가 다 될 무렵, 창밖 하늘은 더 환해졌구 이젠 사물을 구분하기가 더 쉬워졌지. 밖에 있는 모기는 안으로 들어오려 연신 방충망을 뚫으려는지 계속 제 몸을 통째루 방충망에 던져대고, 안에 있던 모기 한 마리는 연신 밖으로 나가려 방충망에 몸을 댄 채로 나갈 구멍이라도 찾아내려 연신 여기저기 훑고 다니는 거였지.

가벼이 모기채를 갖다 댔어.

"파지찍 틱 탁 팍!!!"

불꽃을 내며 태워버렸지, 깔끔하게.

버튼이 하나뿐인 다루기 편한 5천 원짜리 모기채가 마눌이 작년에 사다 논 12,000원짜리 버튼 두 개짜리보다 모기를 잡을 때 주는 쾌감이 훨 후련해. 한 마리 잡는데 그 불꽃 튀는 소리가 아주 크구 요란해. 그만큼 더 시원하게 해주는 거 같아.

오늘은 또 마눌이 절에 간다 하시니 모시구 다녀와야겠어.
그럼 오후엔 뭘 하지….
주말엔 심심할 겨를이 없었는데…. (코로나 시절)

자출길

2020. 07. 22.

깼다 잠들었다 몇 번 하다 다시 깨보니 04시 44분.

'비 안 오지…?'
창밖을 내다보니 하늘이 잔뜩 찌푸린 듯 아직 어둠이 가시지 않은 상태였고 핸폰을 충전기서 분리하여 조작을 해보는데 조작이 안 되네….

'어… 내 거가 아닌가….'
마눌 거다. 마눌 건 분홍색 케이스였는데 그 케이스가 넘 두꺼워 전화가 와 진동이 울려도 그 진동을 케이스가 잡아먹어 전화 온 신호를 잘 못 느끼겠다고 검은 케이스로 바꿔 놔서 헷갈렸다.

다시 마늘폰 충전기에 연결시켜 놓는데 구 충전기라 꽂을 때 상하 구분하여 연결해야 하는데 단번에 잘 연결돼 감 좋다 해 놓구.

내 폰을 들어 날씨를 살폈다. 비 안 온다.

'자출하자.'

맘먹구 일어나 밥 두 개, 상추, 오이지무침, 멸치볶음, 배 하나, 속옷, 삼실서 쓸 과도 하나, 신문 챙겨 넣구 자출 채비하였다.

복도에 나와 자출 무장하는데 또 빠뜨렸다. 장갑이 없다. 현관문 번호 키 열고 드가 클릿슈즈 신은 채로 거실로 가 장갑을 챙겼다. 자주 자출하면서도 꼭 한 번에 다 갖춘 후 현관문을 나서는 경우가 거의 없다.

어떨 땐 자주 마스크 때문에, 어떨 땐 장갑, 어떨 땐 고글. 그렇기에 자출 챙기는 데 도시락 포함 10여 분이 걸린다.

다 채비하고 엘리베이터 타고 밖으로 나섰다. 앱 설정하고 나훈아 곡 틀고 출발~

그 시각 05:03, 채비하는 데 무려 20분 가까이 걸린 셈이다.

언젠가 세웠던 최단 기록 57분 52초를 단축해 보려 맘 단단히 먹구 출발!!! 동네 골목길을 벗어나 방배동 카페골목 길 끝으로 접어들어 이수교차로를 만나자 신호가 파란불로 맞아준다.

'옳거니~~~ㅎㅎ'

순조로웠다. 이수교차로 건너 반포주공아파트를 낀 반포천 뚝방길 바로 옆에 자전거 전용 길을 산책로와 분리해서 최근에 따로 만들어 놓았다. 그 전용 길로 반포천으로 나섰다. 잔차가 잘 굴러간다. 첨부터 넘 힘 빼지 말자 하고 페이스 조절 겸 적당히 페달링.

동작역에 이르면 꼭 알려준다. 이동 거리 1km 몇 분 경과. 음악 소리 때문에 잘 알아듣지 못했다.

한강으로 접어들고 흑석동 통과할 즈음 3km 알려주는데 또 시간은 알아듣질 못했다. 여의도 입구 샛강 자전거 교차로에 이르면 5km 또 몇 분 경과. 샛강 자전거 길은 노면이 한강 자전거 길만 못하다. 그래서 새벽 출근길은 한강을 낀 길로 다닌다.

저녁에는 한강 쪽은 사람이 붐비는 편이라 샛강 길로 다니는 편이다. 노면이 약간 좋지 못해도. 여의도를 통과 샛강 하류와 만나는 지점 부근서 또 알린다.

"9km를 이동하였으며 몇 분이 경과하였습니다."

또 잘 안 들린다. 몇 분이 걸렸든 나는 밟겠노라. 최단 기록 경신을 위하야~

안양천 합수부를 돌아 안양천으로 접어들어 마구 페달을 밟는데 또 알린다.

"13km를 이동하였으며 30분 경과."

이번엔 알아먹었다.

'경신하기는 좀 어렵겠군.'

그래도 달려보려네 하구 계속 정진.

경인고속도로가 시작되는 목동교를 통과하고 주행 중 앞에 남녀가 달리기를 자전거 주행로 한 방향 전체를 다 차지한 채 병렬로 나란히 뛰어간다. 자전거 주행 방해라는 생각은 안 들고 나도 한때 즐겼던 마라톤을 지금 즐기고 있는 저 두 남녀가 부럽다.

주로가 한가하니 아무런 내색 없이 반대편 주로로 역주행, 이들을 추월하고 계속 페달링. 땀은 계속 헬멧 끝에서 연신 떨어져 뒤로 흩어지고 도림천 길로 접어들었다.

도림천도 천 양쪽에 다 자전거 길, 산책로가 잘 정비된 편이긴 한데 천 상류 방향 우측 자전거 길이 노면 상태가 달리기에 더 편안함을 안겨준다.

신도림, 대림, 구디, 신대방역 밑 통과, 보라매 공원 통과, 농심 앞 횡단보도가 보행 신호여서 바로 건넜다. 마지막 목적지 바로 앞 교차로에서 잠시 정차 신호 받아 골인~~~

걸린 시간 58분 41초.

언젠가 그랬다. 달리기를 한참 즐길 무렵, 아마도 2004~2005년 무렵일 게다. 주말에 흑석동 한강 현대아파트를 나와 한강 따라 상류 방향인 잠실 쪽으로 나 홀로 뛰어가다 내가 보조를 맞춘 건지 그분이 그랬던 건지는 기억이 안 난다.

동반주하면서 이야기를 주고받다 보니 이 양반 당시 60대 초반으로 영등포역 뒤 푸르지오던가 그 아파트 단지에서 나와 안양천 따라 기아대교까지 갔다가 여의도 거쳐 지금 여기까지 왔노라고….

혀를 끌끌 차지 않을 수가 없었다. 그러면서 자기는 달리기하면서 시간을 보지 않는단다. 사람은 세월이 흘러가며 다 늙게 되어 있는데 시간이 단축되것는가? 하시는 거다. 기록에 연연하지 않는 진정한 달인 같아 보였다.

잠수교 방향으로 뛰던 중 돌아간단다. 돌아가서 여의도인지 어딘지 자기 단골집에 가서 소주 한 병 까고 안주로 맥주 한 병 깐단다. 그렇게 뛰면 한 60~80km 된단다. 헐~

오늘 아침 새벽 기록 경신해 보려 애써 봤지만, 안 되는 것이 그님의 말씀 그런 연유일까…. 과거보다 더 늙었으면서 젊었을 때의 그 기록을 능가하려는 욕심은 한낱 부질없는 욕심밖에 되지 않는 것일까…. 애써 땀을 많이 배출해 내야 씻는 상쾌함이 더하는 건 분명한 거 같은 아침이다.

한 주의 중간에 또 다다랐다. 새벽주를 잘했나 부다. 비 예보는 없었는데 밖으로 밀어 열어놓은 사무실 내 자리 바로 뒤 창문에 빗물이 흥건히 묻어있다.

창밖의 차 소리도 빗물 먹은 소리로 확연히 질척거린다.
오늘 하루도 건강하게 이겨 나가는 하루들 되길~~~

자출길 최단 기록 경신

2020. 09. 24.

어젠 막걸리 딱 한 병만 깠다. 새벽 4시 반 기상. 컨디션이 괜찮다. 함 기록 경신해 보자 맘먹구 찬거리와 전복죽 챙겨 넣고 전조등 켜고 배낭 뒤 신호봉 작동하구 페달링.

앱이 1km마다 이동한 거리와 걸린 시간을 알려주긴 하는데 음악 소리에 섞여 잘 알아듣지 못할 때가 많다. 분명한 건 13km를 경과한 지점, 걸린 시간이 30분이 채 안 걸렸다. 그러니깐 20 몇 분이라고 알려주는데 정확하게 알아먹지 못하겠다.

도림천을 달음질할 땐 20km를 넘어서선 경과 시간이 40분대 전반이어서 기록 경신이 분명해 보였다.

신대방역 밑을 지나 도림천을 횡단하는 다리 위에 학생 둘이 철푸덕이 앉아 있고 마주 오는 라이더들과 겹쳐 잠깐 내려 걷기까지 한 후 보라매공원 관통 시는 새벽 산책하는 사람들 틈으로 조심조심.

목적지 도착 앱 종료.
거리 24.9km, 시간 57분 18초, 평속 26.1km/h
최고 기록 34초 단축 ㅎㅎ
55분을 목표로 줄기차게 달려볼까….

이 가을, 어처구니없는 사건들로 어수선한 때 진정 위안받을 수 있는 따사로운 이야기가 울 친구들에게 잔잔히 전해졌으면….

설날 등반

2021. 02. 12.

관악산 등반을 작정하고 하산 후 집에 와서 먹을 안줏거리 청국장을 끓였다. 아침은 이미 떡국 끓여 먹은 상태. 청국장의 구수한 맛이 점심때를 기다리지 못하겠더라.

떡국으로 충분한 양을 채웠음에도 구수한 청국장 향내가 밥 한술 더 먹지 않을 수가 없게 했다. 밥 한술에 청국장을 여러 숟갈 떠넣어 말아 먹으니 맛난 맛으로 숟갈질을 멈출 수가 없었다.

밥알 몇 톨도 채 남지 않은 식기에 청국장 두부 등을 더 얹어 먹은 다음 출발하려 했다가 배부르니 또 눕게 되더라. 누워 1, 2분 꾸물거리다 '아니지… 이러면 안 되지….'
박차고 일어났다.

배낭에 아이젠까지 챙겨 넣고 튤발~
버스로 사당동 관악시장에서 하차. 앱 걸구 5백짜리 물 한 통 사 넣구 등반길에 올랐다.
남현동 골목으로 서정주 집 앞으로, 자주 걷던 관음사 방향 노선을 대신해서 이번에는 이쪽 노선으로 걸어 나섰다.

9시 반쯤 되는 시각이고 설날이라 그런지 인적이 뜸했다. 골목길을 다 지나 등산로에 다다라 올라가는 중, 속이 좀 부글거리며 좋지 않은 상태를 보인다. 새벽에 용변을 션하게 봤으니 잠시 그러다 말 것으로 생각하고 초입에 있는 화장실을 지나쳤다.

바위길, 작은 계곡을 거쳐 돌계단을 뚜벅이며 걸어 올라가기를 약 5분여. 내장이 불편한 심기를 노골적으로 드러낸다.
'어뜩하지….'
계속하여 오르기가 불가능해진다.
순간 사람 눈에 안 띄는 곳을 선택할까….
화장지 대용품으로 썼던 풀도 없는 겨울이자나….

어뜩하지….

좀 전 지나친 화장실로 도로 내려가자 맘먹구 내려가면서 가더라도 휴지가 비치되어 있지 않을 거 같은데… 하면서 내려갔다.

괄약근의 한계가 이를 만큼 더 다급해진다. 올라오는 언니 둘이 보여 화장지 구걸을 해보려다 뒤지고 찾는 사이 일이 벌어질 듯해서 부탁도 못 한 채 화장실로 향했다. 걱정됐다.

스포츠 타월로 대신할까 하며 화장실에 도착 급하게 자세를 취하면서 본 바께스 같은 휴지통 속에 예쁘게 자리하고 있는 여행용 티슈. 뽑아 쓰기 좋도록 하나가 적당히 내밀고 있었다. 충분한 양인지는 모르나 구세주 같았다.

션하게 볼일을 다 보면서 생각이 들었다.
'어떤 놈인지 참 기특하네~'
뽑아 써 보니 계속 뽑힌다. 충분하다.
예쁘게 남겼다. 그가 남긴 혜택을 후임자(?)도 맛보게 고스란히 남겨놓고 나와 등반길을 재촉, 이어 나갔다.

어느덧 정상 가까이에 이르러 마지막 밧줄 잡고 오르는 구간에서 다리에 힘을 가하는데 예전엔 가뿐했던 것이 오늘은 다리가 후들거린다.

"하…."
이렇게 힘들다니….
다리 근육 힘이 다 빠져나간 듯 보여 불과 3개월—고혈압으로 쓰러질 뻔한 때가 작년 11월 10일경이니—여 만에 이럴 수도 있구나. 펄펄 날던 때가 엊그젠데…. 하는 생각으로 하산 길이 우울했다.

아예 까치공원을 거쳐 현충원 둘레길을 경유, 집에까지 걸어오려던 계획은 집어치우고 남현동 농협까지로 마무리하고 버스로 귀가했다.

씻구 늦은 점심을 청국장에 막걸리로 대신하고 한숨 때리고 깼는데 술이 덜 깬다. 깨는 속도도 더디다.

나이 한 살이 열 살을 더한 것과 같은 설날 오후다.
모든 걸 자중해야 하는 나이가 되어버린 듯하다. 조심해야지….
매사….

새벽 기상
2021. 02. 25.

세수하고 밥 한술 뜨려 가스레인지 위를 보았다.
작은 냄비 하나. 무얼까…
고등어조림을 부추 적당량 넣고 예쁘게 조리해 놨더라.
'아~ 맛난 자반조림….'
먹구 출근하자.

밥 한술 떠 다른 반찬 없이 조림만 먹어댔다. 간도 맛도 눈으로 보이는 맛도 정확히 알맞게 된 최상의 조림 맛이다.

한 그릇을 뚝딱 해치우고 오늘은 점심을 혼자 해도 되는 날이니 점심에도 싸 가 혼밥하자 하고, 밥 한 공기, 자반 한 토막, 냉이 무침, 녹즙 약간 싸 넣구 출발~

엘리베이터 타고 내려가는 중 장갑을 빠뜨린 걸 알았지만, 날 푹하니 이따 걸어 퇴근 시 손 시리면 목장갑 하나—일전에 자전거 청소하면서 집에 있던 무코팅 목장갑을 다 써버렸다—사 끼자 하고 그냥 정류소로 고~~~

날이 푹해 불편한 게 한 개두 없다. 정류소에 도착하기 전 버스 오는 방향을 뒤돌아서 살피자, 아니나 다를까 버스 한 대가 슬금슬금 오고 있다. 몇 번이지…
방배역으로 직진하는 노선과 우회하여 가는 노선 두 가지가 있는데, 방배역 쪽으로 직진하는 노선은 역에서 약 200~300m 떨어진 곳에 내려주고 우회하는 노선은 역에 훨씬 더 가까이 내려준다. 그래서 환승하는 데 걸리는 시간은 두 노선이 비슷해서 아무거나 먼저 오는 버스를 잡아탄다.

환승하고 서초 교대를 거쳐 강남에 도착. 늘 그렇다. 내리는 사람이 서초에는 거의 없고 교대에는 몇 사람, 그러다 강남역엔 우르르.
주로 연세가 지긋하신 어른들이 많이 내린다. 어디서 무얼 하는 사람들일까….

삼실에 도착. 새벽 찬 공기에 움츠릴 수밖에 없던 삼실마저 포근한 느낌이다. 열흘간 무알콜과 어제 한강을 12~3km 속보로 걸은 탓인지 몸도 마음(?)도 가벼운 봄날 같은 주말권 목욜.
답답한 현실을 벗어나 요번 주말엔 콧바람들 쐬어보셔~~~ 들 ㅎㅎ

비 맞으며 도보 출근

2021. 06. 01.

어제 본 오늘의 기상 정보상, 비는 목욜 오후부터 금욜 오전까지 내린다는 정보여서 오늘 아침은 여느 때처럼 도시락 챙겨 들고 날씨 예보는 새로 보려고 하지도 않고 나섰다.

현관문 앞에 음식쓰레기를 투명 비닐봉지에 담아 눈에 잘 띄는 장소에 둔 것으로 보아 출근할 때 갖다 버리시오 하는 명령 같았다. 음식물 쓰레기통의 페달을 밟아 뚜껑이 개방되게 한 후 투척, 몸가짐도 가볍게 아침을 나선다.

횡단보도 신호가 타이밍이 안 맞는다. 좌우 살핀 후 내가 도로를 횡단하는 동안 차가 나를 덮칠 가능성이 영으로 보여 신호 위반 횡단, 함지박 사거리에 이르러 방배중학교 방향으로 틀었다.

함지박은 오래된 중국집으로 그 옛날 명성이 자자했었나 보다. 몇 년 전 가족 외식을 두어 번 그곳서 했었는데 역시나 비싸 쉽게 이용하긴 어려운 곳으로 비춰졌던 함지박. 그 함지박이 여러 해 전에 문을 닫았다. 그 사정이 무언진 몰라도 내가 방문할 당시만 해도 가족 단위의 외식객들로 만원을 이루던 곳이 세월을 뒤로한 채 물러난 것이다.

그래서 함지박 사거리라는 정류소명도 바뀌었다. 방배사잇길로. 그 방배사잇길로 출근하는 코스가 차량 소통이 가장 적은 곳이어서 늘 도보 출근 시 이 사잇길을 거쳐 출근한다.

그런데 집에서 나올 때부터 바람이 서서히 이는 것 같더니, 그 사잇길로 접어들자 바람이 종잡을 수 없는 방향으로 이리저리 나뭇가지를 흔들어 놓는다.

하늘은 먹구름은 아니었지만 심상찮다. 방배중학교 앞을 지나자 빗방울 한두 방울이 얼굴을 때린다. 어허….

대법원 앞을 지나 교대역 사거리를 지날 땐 소나기성으로 돌변한다. 가까이에 있는 건물 출입문 쪽으로 몸을 피했다.

거세지는 빗줄기가 바람을 타고 벽면으로 달려든다. 여기선 피하기가 더는 곤란해진다. 비 맞더라도 다른 적당한 곳으로 이동해야겠다. 가까이에 있는 버스 정류소로 재빨리 옮겼다.

교대역 앞 신호등은 남북으로 좌회전 신호등이 켜진 상태로 다음 순서는 동서 방향의 직진 신호 차례.

지금 내가 피하고 있는 장소는 하필 마을버스 승하차장이다. 저쪽 서초역에서 오던 간선버스가 직진 신호를 기다리고 있었다. 간선버스 정류소는 어디지… 하고 고개를 빼 들고 봤더니 불과 20~30m 앞이다.

뛰어갔다. 때맞춰 740번 버스가 아다리 딱 맞게 도착한다. 다행이다. 버스 타면 삼실에 더 가까운 곳에서 하차하게 되니 비 맞을 거리도 짧아진다. 가로수 밑을 이용해 삼실 도착.

바람막이가 좀 젖었고 머리가 좀 젖었을 뿐, 배낭이 좀 젖은 건 상관없다. 물 한 모금 벌컥벌컥 들이키고 허기진 배를 싸 온 도시락 펼쳐 맛나게 아침을 해결했다.

밥양을 절대적으로 줄인 탓에 몇 젓가락 먹으면 금방 동이 나는 게 아까워 한 번에 뜨는 양을 조금씩 조금씩 나눠 뜨고 반찬을 떠먹었다.

다 먹었다. 으… 배부르다.

해야 할 과제는 남아 있지만 지금 이 순간, 어느 누구의 간섭이 없는 지금 이 순간이 그토록 행복하기만 한 시간이다.

6월의 시작이다.

한해의 반이 성큼 다가온 6월의 첫날. 6월 한 달도 알차게 사랑하며 즐거운 한 달 되셔들~~~ ㅎㅎ

아로니아

2021. 06. 17.

새벽 05시. 세수하구 도시락 챙겨 나섰다.

엘리베이터 탑승 05:18

여느 때처럼 방배 사잇길로 걸어 방배중학교, 대법원, 사랑의 교회를 경유, 교대 앞 사거리에 도착했다.

약간의 신호 대기 중, 먼저 횡단보도에 와서 대기 중인 여성. 신호가 터지자 금세 앞서 나가는 여인. 천으로 된 옅은 분홍빛 가방을 오른쪽 어깨에 멘 채 급한 걸음걸이가 아니면서도 빠르게 나아간다. 뒷모습을 보노라니 비슷한 시간대에 많이 보아왔던 그 모습이다.

아… 자주 앞서 빠른 걸음으로 롯데 칠성을 지나가던 그녀인가 보구나….
했다. 그런데 고속도로 못미처 시야에서 사라졌다.
'어? 어디 간 거지…. 벌써 롯데칠성을 지나간 건 아닌데….' 하면서 걸음을
계속했다.

경부고속도로 밑을 통과하고 롯데칠성 앞을 지날 무렵, 누군가가 뒤에서 나
를 추월하려는 듯한 기운이 등 뒤에서 느껴졌다. 힐끗 뒤돌아보자 한 여자가
접근하더니 금세 나를 추월한다.

나를 추월, 앞서 걷는 모습을 보니 사라졌던 그녀다. 잠시 어디에 다녀온 걸
까… 급한 용무 아는 장소에서 해결하고 다시 나온 걸까…. 진흥아파트 앞 사
거리에서 또 신호에 걸려 먼저 다다른 뒤 대기 중이다.

신호가 터졌다. 또 앞장서 나간다.
무심코 걷다가 삼성타운 방향에서 또 놓쳤다.

어디로 갔을까… 어디에서 무슨 일을 하는 여인일까… 하며 강남역을 지하
로 통과, 삼실 도착. 고픈 배를 채웠다. 밥이 백미는 없고 잡곡에 현미로 한 것
이라 처음 씹을 땐 여물 씹는 맛이다.

꼭꼭 천천히 맛나게 아껴 먹었다. 참 맛있다. 장아찌도 그렇고 젓가락에 건
져 올라와지는 김치찌개 속 배추김치 이파리도 감칠맛이다. 때론 칼슘 덩어리
멸치볶음도 한 젓가락씩 입에 담고 우물우물.
청양고추 한 개를 쌈장에 푹 찍어 절반을 입으로 뚝 짤라 우적우적. 칼칼하
고 매콤한 기운이 입안 전체를 자극한다. 개운하다.

맛나게 먹은 후 찬그릇들을 쟁반—나의 밥상이다—에 가지런히 담아 냉장고에 넣었다. 넣다 보니 어제 내 밥상 바로 옆의 아로니아는 언니가 치웠는데 야채실에 있는 비슷한 봉지에 담긴 아로니아가 그냥 그대로다. 아무래도 이상했다. 하나를 꺼내 보아 유의 사항을 살폈다.

성분 등을 쭉 표기하고 있는 유통기한 란이 눈에 들어왔다. 전면의 하단 접합 부위라고 표기되어 있다. 전면의 하단 접합 부위를 살폈다. 2018….

확실히 확인코자 자리로 가져와 돋보기로 보았다. 뚜렷하게 보인다. 2018.09…. 무려 3년이나 경과한 것이다. 하…

야채실에 놓여져 있던 아로니아와 별개로 봉지에 따로 담겨져 있던 건 어떤 건지 꺼내 또 자리로 가져왔다. 전면의 상단 접합 부위란다. 그리로 옮겨갔다.

세상에나, 세상에나…. 2011.09…

내가 잘못 본 겐가….

쥔장 허락 없이 맘대로 버린다고 실수하는 건 아닐까….

버리기로 마음먹고 혹시 몰라 각 한 개씩을 남겨놓고 모조리 치워버렸다. 탕비실서 일일이 하나하나 개봉해 가며 진액을 따라 버렸다.

수질 오염이 걱정됐다. 그냥 통으로 버리는 게 나은 걸까, 지금 내가 하고 있는 짓이 나은 걸까? 갸우뚱은 됐지만 그냥 하던 거 마저 마쳤다. 야채실 통까지 물로 함 헹구고… 이 이야기를 과 단톡방에 남겼다. 어쩜 그럴 수가… 하는 반응이다.

참 세상사 알 수 없는 일이 바로 늘 생활하는 우리 주변에 산재하고 있으니 말이다. 어떤 사실 하나를 두고 쉽게 단정하고 판단하고 저지르는 오류를 범하지 말고 매사 조심스럽게 살펴봐야 할 일 같이 느껴지는 아침이었다.

열어놓은 창밖으로 비 내리는 소리, 화단 나뭇잎에 떨어지는 빗방울 소리, 방배로를 오가는 물먹은 차량 바퀴 소리. 어떡하지….

걸어갈까… 타구 갈까….

비 오는데 신발 적셔가며 찝찝하게 가느니 타고 가자 하구 더 누웠다. 잠시 더 쉰 후 다시 도시락 챙겨 출발.

148번 버스가 참 고맙다. 정류소에 5분 이상 기다리게 하는 법이 거의 없다. 오늘도 정류소에 다다르기 전 알림판의 곧 도착 란에 불이 켜져 있다.

곧 도착할 노선이 몇 번 버스인지는 그 바로 앞에 있는 은행나무 가로수가 떡 하구 가리고 있어서 보이지는 않는다. 그런데 도착 예정 시간을 알려 주는 란에는 다른 두 노선버스가 기재되어 있는 것으로 보아 도착 예정이 148번임을 알 수 있었던 거였다.

정류장에 도착 직전 슬금슬금 온다. 기사 딸린 자가용 승차하는 기분이다 ㅎ

삼실 도착, 신나는 아침 시간.

눈만 뜨면 배고픈 나는 밥을 대하는 이 시간이 기다려지지 않을 수 없다. 배낭을 열었다.

제일 나중에 현관을 나설 때 챙겨 넣는 신문을 먼저 꺼내고 그다음에 있어야 할 속옷이 없다.

"아차!!!"

이거 클났네… 빤스를 빠뜨렸네…. ㅠㅠ

그다음에 있는 도시락을 꺼냈다. 냉장고 밥상을 꺼내 들고 밥을 먹으면서도 생각은 챙기지 않은 속옷 대처 방안이다. 그런 와중에도 밥맛은 기가 막히다.

우물우물하면서 '편의점이나 마트에 가서 한 벌만 사다 입을까… 그런 곳 속옷값은 엄청 비싼데… 걍 속옷 없이 하루 버텨볼까….'

한참을 자전거나 뛰어서 출퇴근할 때 한두 번은 속옷 없이 지낸 적두 있었다. 이런저런 생각 하다 일전에 여벌 옷을 갖다 놓았던 것을 남기지 않고 치웠던 게 떠오르며 공연히 다 치웠어 하는 생각이 들었다. ㅠㅠ

아침을 다 먹구 상 치워 놓구 힘없이 서랍을 열어봤다.

역시 없어…

그런데…. 그런데 서랍에 쌓여 있던 서류 뭉치 아래로 살짝 삐꼼 내민 듯한 체크무늬 천!!!

아하 있다!!! 오호~~~

서류를 치우고 완전한 빤스 한 장을 확인한 순간 그 기쁨!!!

누가 알랴 ㅋㅋㅋ

화장실을 가야 했다. 눈을 떴다. 새벽 4시.

뭉기적대지 않았다. 몸이 무겁다는 느낌이 전혀 없는 아침 기상 기분이었다.

씻고 엊저녁 마눌님이 싸놓은 남은 찬밥 두 개와 먹을 새도 없던 꽁치삼겹살김치찜 등 몇 가지 찬과 상추 등을 쟁겨 넣구 나니 04:30. 출발하기엔 너무 이르다. 그래, 분리수거거리 내다 놓고 가면 되겠다 싶었다.

다용도실에 있던 플라스틱 등 재활용거리와 한 달 이상 전부터 쇼핑백에 담겨져 다용도실에 버리지 못한 채 아쉬움만 그득인 아들 패딩 점퍼—마눌이 내놓기도 아까워하고 두자니 입지 않는 이도 저도 아닌 두터운 겨울 점퍼—도 함께 내놨다.

이것저것으로 어지럽게 널려있던 다용도실을 훤하게 비워놨더니 마음까지 개운하다. 그렇게 분리배출을 마치고 채비하자 04:49.

딱 맞다 튤발~

삼실 도착 05:50.

찬밥 한 술을 입에 넣구 꽁치삼겹살김치찜을 한 젓가락 더한 다음, 먼저 씹기 시작한 찬밥의 딱딱함이 데워 먹어야겠다는 생각을 들게 해 우물거리며 레인지로 향했지. 그런데 몇 발짝을 걷다 보니 마음이 바뀌더라구.

딱딱한 찬밥이 첨엔 어색하게 씹히다 꽁치삼겹살김치찜이 더해지며 몇 발짝 이동하는 사이 입안에서 딱딱함이 부드러움과 담백 칼칼한 맛으로 바뀌는 거 있지? 뭐 감칠맛이라고나 할까? ㅎ

그래서 좀 딱딱해도 오래 씹어 그 즐거운 맛으로 먹자 하고 밥을 데우지 않았어. 냉장고에 보관되어 있던 차게 굳은 삼겹살과 꽁치가 입 안에서 녹아가다 마무리 단계에서 김치의 칼칼함이 입안을 정리하는 듯한 맛에 아침 밥상이 더 없는 밥상이었지 ㅋㅋ
꿀맛 같은 아침이었어 ㅎㅎ

꿀맛 같은 아침 밥상처럼 내 주변의 일들이 모두 그렇게 술술 풀려 나가주면 어디 덧나나…. 그렇지만 세상일이 다 그럴 수만 있다면야 뭐 걱정거리가 어딨겠나 싶었지.
세상사 다 그런 거지 뭐 그런 거야 ㅎㅎ

오늘도 건강하고 행복하셔들~~~

탁배기 한 사발과 두부김치

2021. 08. 25.

탁배기 한 사발과 두부김치를 주문했다. 아니 이게 웬 양이 이렇게…. 두부 따로 김치돼지볶음 따로 나오는데 김치돼지고기볶음 양이 장난이 아니다. 두부 한 쪽에 김치 한 쪽, 또 돼지고기 한 점.

양념에 무쳐진 돼지고기 한쪽 끝에 껍데기가 선명하다. 그 밑에 비계가 허연 모습이 양념에 무쳤어도 희미하게 보인다. 두부 한 조각 위에 김치 한 점 고기 한 점 올려놓고 입에 넣어 우물거린다.

두부와 김치가 어우러져 칼칼한 기운과 두부의 담백함이 입안을 감싸 돈다. 그다음 돼지고기의 살점 부위가 김치와 더불어 씹혀온다. 그 느낌이 좋다. 적당한 쫄깃거림이다.

입에 넣었던 한 점 중 마지막에 씹히는 부위가 껍데기다. 입안에서 요리조리 피해 다니는 듯하다. 마치 살아있어 씹히지 않으려는 것처럼.
마침내 씹힌다. 쫀득거림이랄까. 꼬들거림이랄까….

비 오는 저녁. 탁배기 한 사발과 두부김치의 조합은 그 주모의 미소와 함께 저녁 한때가 더할 나위 없는 달콤함이었다네 그려. ㅎㅎㅎ
한때 자주 가던 국밥집 여사장의 안부를 묻는 고교 동창의 물음에 그제 저녁 막걸리 한 잔의 소회외다. ㅋㅋ

행복한 지금

2021. 09. 09.

어느 날 회사 뒤에서 우리 업계 개인 사무소를 차려 평탄하게 잘살고 있던 형이 찾아왔다. 업무 얘기 잠시 나누다 공히 좋아하는 알콜 얘기가 자연스레 나왔다.

오래전 토욜에두 근무하던 시절. 그 형님과 단둘이라도 함께 자리하면서 길게 취했던 형님. 갑자기 술이 몹쓸 것이라는 것처럼 얘기하면서 불과 며칠 전 심장혈관에 장애가 있어 확장 스텐트를 박았다 한다.

그러면서 의사는 술 먹지 말라 했다고….
근데 술을 어떻게 안 먹느냐고요….
죽고 싶으면 드시라 했단다. 아주 단호하게.

그러다 애주가들의 한결같은 바람. 적당히 즐기면서 소량만 하면 될긴데…
근데 그게 되나… 더구나 꾼이…
그러다 그러신다. 이거이 괜히 박은 거 같단다. 그러면서 이런 증상 알 거 없이 늘 즐기듯 그렇게 살다 일순간 그냥 캑 하구 가믄 되지 머… 하는 거다.

허… 기가 찼다. 아니, 형 그게 먼 말유…. 조기에 발견해서 조치를 잘만 했구만 그게 먼 말이래유… 참 내….

그 형님의 표정이 읽혀졌다. 여러 근심 없이 그냥 평온하게 살아오던 그의 삶이 몸 한구석이 절단나면서 조심하며 살아가야 하는… 어쩌면 구속 아닌 구속받으며 살아가야 하는 삶이 서글퍼질 수도 있겠구나….

말은 나도 그리 던졌지만 그 형님의 그 심정이 전혀 이해 가지 않는 건 아니었다. 막살아도 젊음으로 버텨내던 시절은 이미 훌쩍 가버렸다. 훌쩍 가버린 그 시절의 유희를 여전히 쫓을 수만은 없는 나이.

어느 날 울 마눌이 던진 한마디. 혼자 걷지 못하는 채 누군가의 도움으로 아니면 기계의 도움으로 어렵게 바깥에서 행동하는 사람들.
그런 사람들도 행복한 사람 축에 속한단다. 그러니깐 밖에 나와 사람 눈에 띌 수 있는 사람들은 그나마 낫다는 얘기다.

무슨 말이야….
진짜 힘든 사람들은 집안에서 혹은 병상에서 거동도 못한 채 누워만 있어, 정작 우리 눈에는 안 띄는 사람들이라고….
아… 맞지, 맞아….
어느 한 부위가 자연스럽지 못해도 통증으로 인한 고통을 수반하지 않고 내 생활을 영위할 수 있는 이 상태가 참으로 행복한 것임을….

생애 가장 젊은 시절인 지금. 지금 이때를 그리워하고 다시 찾을 수만 있다면 하는 때가 수시로 찾아올 수 있음을….
만나고 헤어지고 그리움을 가질 수 있는 지금. 외로움은 사치에 불과한 것이지….

친구님들, 오늘도 별 탈 없는 평범한 일상의 행복으로 충만하기를….

메뚜기잡이

2021. 09. 17.

어느 날 혼자 사시던 엄마 집에 갔었지. 아마도 9월 하순쯤이 아니었나 싶어.

하루를 시골집서 자고 새벽녘 잠이 깬 후, 이슬이 촉촉할 때 동네 앞 철뚝(경부선 철도) 너머 들판에 가봤지. 논두렁서 벼 잎에 붙어 슬금슬금밖에 못 움직이는 메뚜기를 풀잎 줄기에 엮어 가기 시작했어.

업은 놈도 많았지. 이른바 일타쌍피. ㅎㅎ

날개가 이슬에 젖어 잘 날지 못하는 상태에서 잡는 건 일도 아니었어. 금세 세 꾸러미를 잡고 마무리 후 상경.

승용차 안에서 라디오를 켜고 고속도로를 운행하던 중 라디오 진행자가 청취자와 통화를 하는 대목이 나오더니, 청취자는 아마도 50대의 주부로 보였고 흥분에 찬 목소리로 김포로 메뚜기 잡으러 가는 중이라며 그 말투가 어려서 소풍 가기 전날 흥에 겨운 그런 말투였어.

어린 시절, 아무런 걱정 없이 오롯이 심심한 거 해결하는 놀이에 몰두할 수 있었던 그 시절의 유희. 그 추억을 되찾는 듯 그 여인의 흥분된 말투는 내 맘과도 아주 똑같은 그런 맘이었어.

아… 님은 지금 메뚜기 잡으러 가시는 거구료… 난 이미 세 꾸러미나 잡았지요~~~ ㅎㅎ

66

전 지금 이미 추억을 엮어 서울 가고 있어요~~~

많이 잡으셔요~~~

이 가을날, 가을 들녘이 안겨주는 풍요로움.

그 풍요로움을 이번 가을만큼은 가득 누려들 보자구요~~~

메뚜기잡이 추억도 엮어가며~ ㅋㅋ

한강 방생

2021. 09. 19.

언제였는지 선뜻 짐작은 안 가는 어느 날이었다.

비가 많이 내려 한강 곳곳을 통제해서 늘 하던 방생 장소가 출입금지 띠로 둘러쳐져 있고 경찰관 한둘이 못 들어가신다고 안내해서, 한강대교 북단으로 이동하면서 이촌동 둔치 쪽을 살펴봤어.

다행히도 흑석동은 통제했는데 거기 둔치에는 차량들이 통행하는 게 보였어. 저리로 가서 방생하면 되겠구나….

이촌동 토끼굴 통과, 둔치 주차장에 대려 했더니 다 막아놨더라구. 할 수 없이 약간의 공간 한쪽에 바짝 붙여 댔지.

그리고 마눌이 갖구 있던 미꾸라지를 받아 들고 "마눌은 여기서 기도해. 내가 가서 풀고 오께." 했지.

이미 한강 둔치를 강물이 곳곳을 쓸어가서 군데군데 진흙이 쌓여 있었지. 진흙이 덜 쌓여있는 곳을 찾아 물가로 조심조심 접근했어.

물가로 다가가자 한 70 전후의 남자가 주위를 배회하고 있더만.

위험할 텐데… 저기서 머 하신댜 그래….

물가로 더 가까이 가자 찰랑찰랑 흘러가는 강물 곁에서 낚싯대를 드리우고 낯선 나를 쳐다보는 사람이 남자가 아니라 60대 중후반의 여자였던 거였어.

"아니, 위험하지 않아요?"

"함 이거 맛에 함 빠져봐유. 미쳐유. 아주 미친다니까유."

"근디 뭐 하러 오셨슈?"

"방생하러 왔슈."

"남자분이 방생을 다 하시네유."

"아니, 마누라 심부름으로 온규."

"아이구 참 말두 잘 들으시네유. 우리 집 냥반은 아주 안 들어 처 먹어유. 저기 있자나유."

하며 뒤에서 왔다 갔다 하는 아까 그 남자를 가리킨다.

"아, 그러시구나."

내가 검은 봉지에서 꺼내 얼핏얼핏 비춰지는 약간 투명한 봉투에 담긴 미꾸라지들이 좀 자란 것을 본 그녀, 한마디 더 던진다.

"아이구, 참 맛있게 생겼네. 아저씨 그거 반만 저 주믄 안 되유?"

"안 되유. 마누라 심부름이라니깐유. 드리고 싶어두 못 드려유."

그 아줌니 표정이 지금도 눈에 선하다.

쩝쩝거리는 거 같은 아쉬운 표정이…. ㅎㅎ

잔 정

2021. 09. 25.

연휴 마지막 날.

민턴에 입문 초기, 함께 놀았던 80대 형님 둘, 70대 누님 1 모시고 식사하기로 하고 민턴장에서 젊은이들이 겜을 거의 다 마치자 뒤늦게 올라오셨다.

워낙 늦은 시간에 한두 겜만 하구 내려가는 통에 넷이 겜을 하는 중에 동료 회원들은 하나하나 뿔뿔이 흩어져 집으로 돌아가고, 누님과 내가 편 되어 형님들을 상대했다.

슬슬했다. 치기 좋게 공을 주지 않으면 공 쫓아 안 다니신다. 몸 바로 앞에 나 줘야 쳐 내신다.

싱겁게 한 겜이 끝났다. 점수가 일방적이자 운동을 한 듯 안 한 듯 기분이 들자 한 겜 더 하잔다.

두 번째 겜 돌입. 누님이 져 드리라고 하신다.

"아라쪄."

치기 좋게 줬다. 나두 멀리 떨어지면 아예 안 갔다. 졌다.

1:1

결승전 생략, 그만 가자 하신다. 샤워 후 마을버스 타러 걸어 내려가다가 형님 한 분이 말씀하신다.

"융이 씨~~~ 재○이두 우리하구 하면 비까비까여. 어때, 우리하구 할 만하지?"

"그류. 대단들 하신 거쥬, 대단들 하신 거유."

그러자 두 살 더 드신 다른 형님이 말씀하신다.

"재○이가 봐주구 융이가 봐준 거지 그걸 비까비까라구 그리 생각하믄 쓰냐…. 봐준 것두 모르고 ㅉㅉ…."

핀잔하신다.

내가 한마디 했다.

"걍 그러려니 하시지 뭘 또 그리 핀잔하신대유 그래… 참내…."

메뉴를 감자탕집으로 정하고 갔다.

근데 누님과 큰형님은 다이소 앞에서 물건을 사려는 건지 꾸물대신다. 잠시 머뭇거리다 비까비까하다고 으시대시던 형님이 앞장서 그냥 식당으로 향하신다. 나두 따라갔다.

의외로 다른 때와 달리 서둘러 식당으로 향하시던 형님, 나와 둘이 먼저 도착했다. 그런데 기대했던 예쁜 서빙녀가 안 보인다….

점심땐 있었는데 늦은 시간 오다 보니 퇴근했단다. 나도 그랬지만 그 형님도 얼굴에 실망감이 가득해 보였다.

감자탕 대 자에 소주 둘 맥주 둘 46,000원이다. 내가 산다고 하자 큰형님이 그러신다.

"왜 자네가 다 내냐? 나눠 내자."

"명절인데 형님 누나한테 밥 한 끼 못 사유 그래, 참 내…."

"허허허, 고맙구면…."

새벽에 눈 떴다. 03:00. 출근하긴 이르네….

또 잤다.

떠 보니 04:15. 그래도 이르다.

뒤척이다 04:25경 인났다.

늘 그러하듯 뱃살을 체크해 봤다. 체크란 건 별거 아니고 왼손으로 배꼽 주변 살을 굵게 몇 번 얇게 몇 번 쥐어보는 거다.

그런데 어제 퇴근길에 밥을 먹고 약 한 시간을 걸어 집에 온 효과인지 손에 잡히는 뱃살의 두께가 확실히 얇게 느껴진다.

어…?

어젯밤에 모찌떡두 하나 먹구 꿀고구마 호빵두 반 개 먹었는데 먹은 직후의 염려완 다르게 가벼운 느낌이 들어 자신감이 붙었다.

체중계에 올라봤다. 76.0kg

77~78을 왔다 갔다 하던 게 76으로 줄어든 거다.

햐… 그렇구나. 다시 한번 느꼈다. 식후엔 반드시 걸어줘야 하는 거구나….

그럼 어떡할까… 아예 저녁까지 싸가서 삼실서 먹구 걸어 퇴근할까….

그래, 그러자.

밥을 두 개 펐다. 푸면서 생각했다. 이거 직원들이 저녁까지 도시락으로 삼

실서 까구 퇴근한다 하면 어떤 생각들을 할까…. 주책? 청승? 순간 또 갈등이
생긴다…

  에라이…. 일단 밥이나 먹구 가자. 두 개 퍼놓은 거 하나 아침으로 먹었다.
멸치고추볶음, 돼지고기 김치볶음, 된장찌개 어느 것 하나 맛없는 게 없다. 몇
술 뜨다 보면 금방 뚝딱이다.
  남은 한 개 챙겨 넣구 신문 챙겨 집을 나섰다.
  04:50.

  집에서 서리풀 터널 방향의 서초대로로 가려면 롯데캐슬 로제를 ㄷ 자로 돌
아나가야 한다. 한 번 틀고 또 한 번 틀자 서쪽 하늘이 열리면서 아파트 옥상
위로 약간 일그러진 듯한 보름달이 땡그렇게 떠 있다. 오늘이 보름인가….
  달의 오른쪽이 약간 기운 듯한 모양이 보름이 갓 지난 듯도 하고…. 사진 한
장 남기려다 육안으로 보이는 달의 모양은 사진으로는 정확히 표현이 안 돼
말았다.

  서초역 도착 우회전, 사랑의교회 시계탑 05:10.
  서초대로는 이른 시간에도 차량 통행이 많아 시끄럽다. 서초대로와 사임당
로 중간 골목길을 한가롭게 걸어갔다.

  이른 시간 골목길엔 신문 배달 오토바이, 새벽 배송 차량들만 군데군데 눈
에 띌 뿐 대로변의 연속되는 소음은 없어 좋다.

  골목길 좌우로 살피며 어디가 맛집일까도 생각하며 걷다 보니 고깃집에 손
님들이 새벽부터 고기 구워 먹는 장면이 포착됐다.
  한 팀도 아니더라. 지나치면서 내 눈으로만 확인된 손님 두 테이블. 머지…

이 시간에….

그 집 모퉁이에 메뉴표를 대강 살폈다.

소와 돼지 취급. 소가 무한리필에 인쇄된 28,000인가 29,000을 실선으로 지우고 그 옆이던가 밑에다 21,000이 기재되어 있다.

맛이야 알 수 없지만. 탐라도야지. 기억에 얼마나 오래 저장될지는 모르지만 한 번 더 상호를 살피고 유심히 새겨 놓았다.

교대사거리를 동으로 건너 교대 남쪽 담장 따라 쭉 걸어왔다. 김광석의 노래를 이어폰 아닌 스피커로 흘러나오게 하고.

가끔씩 사람을 마주하는데 대부분의 사람들은 우측통행을 안 한다. 좌측으로 걷거나 보도 중앙을 혼자만의 길인 양 버젓이 걷는다.

거리두기가 얼마나 효과가 있는 건지는 알진 못하지만, 좁은 보행로 통행할 때 최소한 마주치는 사람이 보이면 좌든 우든 한쪽 끝으로 보행해 주면 안 될까….

그런 생각을 자주 하게 되는데 오늘 사임당로에서 마주친 한 여성분은 보행로 우측 가장자리로 철저하게 붙어 오더라. 나도 우측으로 바짝 붙어 '그녀의 의지—사실 나의 생각과 같은 생각으로 우측에 바짝 붙어 걷는지는 모르지만—에 화답합니다' 했다.

경부고속도 밑 서초2교를 통과 강남대로를 교차할 때 횡단보도 신호등 주변에는 며칠째 도로 긴급 보수 공사로 공사 차량과 인부들이 부지런히 움직이고, 대로변의 소음이 싫어 오르막의 골목길로 소음 피해 걷다 사무실 로비 도착.

05:50, 7,300보.
Door to door 꼭 한 시간이다.

또 금요일. 요란 벅쩍거리지 말구 차분한 금욜을 맞이해야겠다. 낼은 동생들과 설악으로 여행을 떠나기로 했으니….

설악. 이름만으로도 설렌다 ㅎㅎ
존 주말~~~

계란 라면
2021. 10. 31.

올만에 콩나물 라면에 계란을 풀어봤다. 고추와 고춧가루로 얼큰한 기운에 담백함도 가미해 보겠다는 의도로.
그런데… 역시 라면의 칼칼함은 계란 영향으로 반감되고 말았다.

나름 계란이 풍겨내는 담백함은 국물 속에서 느낄 수 있어서 어젯밤 시○이가 얘기했던 것처럼 그 담백함을 순수 라면의 칼칼함보다 더 선호하는 사람들도 있겠거니….

앞으론 계란을 계속 풀지 말고 끓여 먹어야겠다.

어제 퇴근 시 바람이 제법 쌀쌀해져 와 저절루 따끈한 국물이 생각났지. 속
보로 걸어 남성시장 도착. 동태 두 마리, 두부 한 모, 양파 사 들구 귀가. 올만
에 동태탕을 끓였어.

식후 걸어줘야 좋은 거 같아서 저녁까지 삼실서 까먹구 도보 퇴근한 거라
동태탕 끓여놓고 밥을 또 먹기는 그랬어.
그렇다고 올만에 끓인 동태탕을 안 먹어 볼 수는 없었지. 국만 동태 한 토막
과 두부 몇 점 떠서 먹었지. 역시나 늘 그렇듯 담백했어.

그러구 나서 전화기를 보니 전에 같이 근무했던 직원이 전화했었던 거야.
헤어진 지 6년.
걱정됐지… 무슨 일이지…. 혹시 집안에 무슨 일이 있어선가…

전화해 봤어. 약간의 긴장의 톤을 놓을 수는 없었어.
"어짠 일이냐? 별일 없는 거지?"
"무슨 일이긴요 멀… 소주두 생각나구 해서 연락드려 봤어요….
"그랬구나."

방가웠지. 함께 자리하고 술 한잔 들어가믄 으레 옛날의 추억을 떠올리다가
공통되는 인물이 떠오르면

"너 그분 알어? 아니 어티기? 언제 같이 근무했었어?"

"아하 그랬어? 그랬구나. 난 언제 같이 근무했었지. 그 사람 참 어떤 사람이지…."

하면서 술 한 잔의 기운에 평소 안부 전하기 어려웠던 상황이 자연스레 녹아들며 전화기 연락처를 찾아 과감하게 돌리게 되는 거….

그래, 그랬구나… 다들 반가운 동생들였어.

집에서 축구 보고 있다니깐 아쉬워 하더만, 밖에 있으믄 한잔하러 달려오겠다고… 그래라 할까 하다 쉬고 싶었지….

요즘 계속 무리해서… 만류했지.

담에 시간 내서 한번 자리하자고… 그리하시지요….

그중 한 명은 화성에 개업한 친구였지. 누구나가 개업 초기에 힘들 듯 시베리아라고….

"해줄 말이 뭐가 있겠어. 다 그런 거지 머. 첨부터 순탄한 사람이 어딨것어. 초창기는 다 힘겹게 기반 다져 나가는 거지."

"그래요, 형님…."

함께 근무했던 쉽게만 여기기는 어려웠던 선배를 기억해 줌에 고마운 밤이였지. 더구나 쌀쌀해지는 초겨울 문턱에서 그네들에게 따끈한 국물만큼이나 따뜻한 일 많이 생겼으면… 하게 되는 아침이네.

존 하루들~~~

당황

편의점서 사리곰탕면 하나 사 개봉한 후 뜨건 물 부어놓았다. 젓가락을 안 챙겨서 젓가락 달라고 캐셔한테 말을 건넸다.

서랍을 열어보고 선반을 뒤져보고 한다. 난 컵라면 놓인 위치 주변을 살폈다. 안 보인다.

캐셔는 누구한테 톡을 하고 전화를 한다. 누나 젓가락 어딨냐고 그런다. 어디에 있을 거라고 알려주는데 그 자리엔 일회용 숟갈만 있다고 그런다.

어허… 라면 부는디…. 저기 숟갈이라도 주셔.

계속 통화하며 여기저기 뒤적거린다.

약 4~5분 경과, 드뎌 찾았단다. 꺼내준다.

진땀빼듯 휴~~~ 한다.

다행히 김치사발면이라면 쉬 불었을 텐데 사리곰탕면이라 그런지 불지 않았다. 맛나게 먹으면서도 살찌는 느낌이라 적당한 선에서 멈추고 버렸다.

아깝지만 아쉬울 때 멈춰야지 했다. 절반을 좀 더 먹은 거 같다.

나오며 그 학생 같은 캐셔에게 전했다. 귀한 라면 잘 먹구 갑니다~

당황해선지 알아듣지 못하고 다시 되묻는다.

"귀한 라면 자알 먹구 갑니다~~~"

"아하!!!"

부끄러운 듯 어색한 표정으로 함박 웃는다.

사람 사는 세상 다 그런 거지 머. ㅎㅎ

지갑 습득 신고

2022. 02. 14.

지난 금욜 저녁, 퇴근 후 집에 도착.

도시락 빈 그릇들을 씽크볼에 부려놓고 동네 마트에 나갔다.

골목길을 틀고 틀어 내방역 사거리 북쪽 횡단보도 보행 신호에 맞춰 횡단하
던 중, 도로 한 중앙에 무엇인가 떨어져 있다.

발로 도로 밖으로 차버리려고 하다 보니 메인 주머니 바깥쪽 카드 꽂이로
보이는 곳에 카드 하나가 꽂혀 있는데, 일부 보이는 것이 마스터카드 같다.

불필요한 거 버린 물건은 아닌 것으로 보여 발로 차던 동작을 멈추고 엄지
와 검지만을 이용, 더러운 물건 집듯 접촉면을 최대한 적게 해서 집어 들고 도
로 밖으로 나왔다.

지퍼를 열어봤다. 어라… 흐릿한 가로등 불빛만으로도 지폐와 신분증이 들
어 있음을 확인하곤, "파출소가 어디더라…."

검색해 보니 내방역과 방배역 딱 중간 골목 어디에 위치한 걸 확인하곤 곧

장 그리루 걸어갔다. 가면서 모두 다 순찰 나갔으면 안 되는데…

흑석동 살 때 집 앞에 있던 파출소는 거의 상시 비어 있던 걸 보았던 게 생각나 걱정하며 빠른 걸음으로 갔다.

다행이다. 주차된 순찰차가 하나 보인다. 사람들이 있나 보다.

출입문에 다가서자 파출소 안에는 눈에 보이는 경관들만 넷이다.

잘됐다. 들어갔다.

문이 열리자 창구 앞에서 담소 나누던 두 경관이 나를 맞는다.

"어서 오셔요. 무슨 일이시지요?"

손지갑을 내보이며 분실물 습득 장소를 정확히 설명하자 지갑을 열어본다. 내용물을 꺼내어 신분증을 확인하고 지폐를 꺼내보며 헤아린다. 5만 원권이 10장 이상이고 그 외 다른 지폐들을 헤아리며 내게 묻는다.

"꽤 많이 들어 있네요. 이걸 확인하진 않으셨나요?"

돈이 들어 있는 것만 확인했지 그렇게 많이 들어 있을 줄은 모르고 곧장 가져온 거라고 했다.

노트를 내민다. 이름, 생년월일, 연락처 적으란다. 분실자가 답례할 수 있게.

적었다.

그리고 마트 들렀다 귀가. 보도에서 스친 남자들이 떠든다. 이재명이 어쩌고… 아하, 토론 있지 참!!!

부지런히 걸었다.

20:15. 티비를 틀었다. 진행 중이다. 첨부터 못 본 게 아쉽다.

20:40분 경 파출소서 전화 온다. 분실자가 내 연락처 알려 달랜다. 고맙다구 사례한다고.

알려주라 했다. 잠시 후 모르는 전화로 연락온다. 어?… 여자분이네….

어둠 속이지만 얼핏 본 게 남자 신분증으로 여겼었는데… 너무 고마운데 어떻게 사례하면 되겠느냐 묻는다.

근데 그게 왜 도로 중간에 빠져 있었는지 물으니 아마도 뛰어 건너다가 가방 속서 빠진 거 같다 하더라.

사례는 그냥 됐다고 했더니 자꾸 묻는다. 뭘 좋아하시냐고.

좋아하는 게 술밖에 없는디….

따님 계시면 따님 좋아하는 거 카톡으로 보낸단다. 딸이 몇 살이냐 묻는다. 23이라 했더니 놀란다.

"다 컸군요."

ㅋㅋ

마침 식탁에 모녀가 앉아 저녁을 먹고 있길래 물었다. 뭐 먹고 싶냐구. 금방 답을 못 한다. 머뭇대자 그녀가 그런다.

"치킨 같은 거 보내드리면 어떨까요?"

이걸로 충분친 않겠지만, 하며 미안한 듯하는 표정이 역력히 전해온다.

"참, 그렇군요. 치킨이면 되겠군요." 하자, 카톡으로 될는지 모르겠지만 해볼게요 한다.

그렇게 끊구 나자 잠시 후 톡으로 온다. 치킨, 피자, 콜라, 또 무언가 하나 해서 세트루. 딸이 잘 먹을 거 같다고 지갑을 바로 찾게 돼서 다행이라고 건강하시라 전했다.

그러자 잠시 후 문자로 날라온다. 습득물 신고 처리가 종결되었다고. 참 신속하게 또 궁금증이 남지 않게 즉각 즉각 그 진행 절차를 알 수 있게 되어 있는 시스템이 참 고맙다.

착오

지난 수욜 도보 퇴근하면서 교대역 인근 약국에 들러 바퀴 약을 사 왔었다. 좀 규모가 있는 약국으로 보이는 곳으로 들어가기로 하고 출입구를 밀기 전, 약국 계산대 앞 손님이 있어야 할 자리에 약사 가운 차림의 여약사가 그 계산 대에 두 손을 얹고서는 왼쪽 다린지 오른쪽 다린지—지금 생각해 보믄 오른쪽 다리 같다—검은색 바지 차림으로 다리를 쭉쭉 뒤로 올리고 있더라.

그러니까 스트레칭을 하는 거다. 순간 들어가도 되나 하는 생각이 번뜩 들 기도 했지만, 치마가 아닌 바지 차림이라 큰 염려 없이 들어갔다.
"바퀴 약 존 걸루 주셔요."
주문하자 그 스트레칭하던 약사가 출입구 쪽 선반으로 가서 찾는데 그 위치 를 잘 모르더라.

카운터 쪽 약사 가운 없는 남자가 그런다.
"거기 밑에 있자나요."
헤맨다.
잠깐 두리번거리자 남자가 나와 챙긴다. 하나는 스프레이, 또 하나는 치약

어느 세무공무원의 세상 사는 이야기　81

같은 거.

"효과가 더 존 거루 주셔요." 했다.

남자는 치약 같은 걸 추천한다. 약사 가운 차림의 할머니가 말씀하신다.

"이거 두 개 다 갖다 써요. 이 한여름에 집중 살포해서 잡아야지 게네들 금방 새끼 쳐내서 감당 안 돼요."

그러시면서 약 사용법을 간략히 간결하게 설명하신다. 믿음이 갈 정도로.

그러면서 그런다.

"내가 이 자리서 약국을 46년간 한 사람이에요, 46년간!!!"

그 목소리의 톤이나 표정으로 보아 스스로를 오래도록 변함없이 해온 자신이 대견한 듯 자신만만한 투였다. 선뜻 46년이면 80이라도 되셨나… 생각이 들어서 그렇게까지는 들어 보이지 않는데… 하면서 "46년간 하셨는데 약이 어딨는지는 잘 모르시는군요." 반 농담처럼 건네자 그러신다.

약 위치를 젤 잘 아는 사람은 진열하는 사람이라고 말씀하신다.

내가 수긍하면서 고개를 끄덕거렸다. 계산하고 나와서 집으로 오다가 셈을 해보았다. 약대를 나오면 스물 댓살이지… 46을 더하면…

아… 내가 순간 80이라도 되셨나 하는 게 잘못 추정한 거다. 70 정도로 보이긴 했다. 맞네, 맞어. 46년이 괜한 말이 아니었구면… 은근슬쩍 미안해진다….

언제 다시 들러 참 건강하시다고 칭찬 좀 해드려야겠다. ㅎ

한 노땅(?)의 일갈

2022. 07. 05.

어제 과 회식을 가졌다. 끼리끼리 모여 앉아 삼겹살을 구워 먹는데, 내가 앉은 자리 우측 테이블의 불판 위 삼겹살이 몇 점 남지 않았다.

그 자리엔 2, 30대의 젊은 친구들이 말년의 한 노땅(?ㅋㅋ)과 자리하고 있었는데 우리 테이블 불판 위 삼겹살 양을 비교해 보니 우리가 훨씬 많이 남아 있었다.

단순 셈으로 옆 테이블에 앉아 먹는 직원들이 젊은 만큼 잘 먹는 것으로 이해하고,

"역쉬 젊으니까 잘 먹는구나."라고 한마디 임의롭게(?) 던졌다.

그러자 개의치 않고 던진 한마디에 그 노땅 한마디 한다.

"아니!!! 팀장님!!! 그렇게 말씀하시면 어떡해욧!!!"

"아니? 왜?"

"왜 이렇게 못 먹어 그래. 한 판 이미 먹구 더 먹어야지 젊은 사람들이… 아니 이렇게 말씀해 주셔야 더 편히 맘껏 먹을 수 있을 거 아녀욧!!!"

"아하!!!"

미안했다. 평상시 대화 상대방에게 듣기 좋은 방향으로 표현을 해왔다고 생각하는 나인데… 미처 그것까진 생각해 내지 못했다.

순간 후회하고 있는데 그 친구 반원인 맞은편 끝자리에 앉아 있던 20대 중

반의 여직원이 그런다.

"맞아요. 차장님 말씀이 옳아요."

사알짝 얼굴에 미소를 담긴 했으나 공감하는 진정성이 진득하게 배인 표정이었다.

지난번 언젠가 내가 특히 좋아하는 특정 가수가 너무 훌륭해서 그 친구가 좋아하는 다른 가수보다 내가 좋아하는 이 가수가 더 훠얼씬 월등하다고 같은 노래 둘이 부른 거 듣고 평가해 보라고 그 노땅 친구에게 말했었다.

내가 확신에 찬 톤으로 자네가 좋아하는 그 가수보다 이 가수가 아주 훨씬 잘 부른다고 자신만만하게 표현하자,

"아이구 팀장님~ 누가 더 잘하구가 어딨어요… 각자 자기 취향인 거지…."

순간 쇼크(?) 먹었다.

내가 애써 좋아하는 특정 가수보다도 더 훌륭하다고 상대가 주장하는데 기분 상할 수도 있는 상황을 그렇게 슬기롭게 비껴가더라.

내심 '아… 그런 것이구나… 함부로 내 취향이 더 우월한 것으로 까부는 게 아닌 거구나….' 했다.

한 가지라도 내가 생각해 내지 못한 것들을 깨닫게 해주는 친구가 가까이에서 함께해 주니 고맙지 않을 수가 없는 나날의 연속이다. ㅎㅎ

요즘 늦잠 잔다. 오늘도 6시 넘어 깼다. 이상하다… 왜 이러지….

집을 나섰다. 어티기 갈까… 여느 때처럼 서리풀 터널로 갈까… 방배역까지 버스, 그 후 자철로 갈까….

터널 쪽은 버스가 노선이 하나구 또 많이 걷는다.

그래, 자철로 가자 맘먹구 5분여 걸어 횡단보도에 다다랐다. 알림이를 보니 마을버스가 1분여 남았다. 타이밍이 기가 막히다. 아니 그런데 1분여 남은 그 마을버스가 직전 정류소에 서 있는 거 아닌가…. '에이!!! 왜리키 빨리 와…' 하구 보행신호가 빨리 켜지기를 기도하는 찰나, 그 마을버스가 직전 정류소를 출발한다.

이뤈!!! 신호등 약 30m 전 보행신호가 터진다. 그야말로 타이밍이 절묘하다. 조금 서둘러 정류소로 이동, 방배역 하차, 지하 1층 도착. 알림이를 보니 한 대는 방배역에 막 들어오고 있었고 그 뒤차는 사당에 막 도착 중이었던 건지 정확히는 기억나지 않으나 좌우간 사당역 쪽에 있더라.

나로서는 늦은 출근 시간이지만 보통의 출근 시간이니 자철두 촘촘히 오는가 보다 했다. 자철에 사람이 꽤 많다. 깊숙히 드가지 못한 채 문 앞에 서 있을 수밖에 없다.

서초역 도착. 내릴 사람을 위해서 내렸다 탔다. 내리는 사람은 한 사람뿐이 더라. 교대역. 이곳은 환승역이니 많이들 내릴 것이야. 내렸다. 한옆으로 깊숙이 비켜줬다. 근데 의외다. 몇 명 안 내린다.

"어…?"

다시 탔다. 강남역. 평소 사람들이 엄청 내리는 역이다. 비스듬히 내 앞에 있던 아가씨가 먼저 내린다. 내리는 것까지는 좋았다. 내리구 나서는 비켜서지 않구 그 자리에 서 있다. 그러니까 문 한쪽을 거의 다 가로막고 서 있는 거나 다름없다. 혼잣말로 꾸짖었다.

'야… 그렇게 가로막고 있을 거 같으면 왜 내렸냐?'
답답하다. 우리 애들도 저러는 건 아닌지 걱정된다.

자철 승하차 질서는 30여 년 전 내가 양재동에 근무했던 그 시절보다 더 후 퇴된 느낌이 요즘 종종 든다. 그렇게 출근하고 내 자리에 앉았다. 퇴직 후 뭐 해 먹고살 건지 생각하지 않으니 그저 편안하기만 하다.
또 끌쩍거리다 또 하루를 시작하게 되네 그려.

상쾌한 하루를 맞이하시게 친구들~~~

86

한여름의 열무보리밥

2022. 07. 07.

어제 살살 걸어 퇴근했다. 유연근무제로 17시에.

덥다. 배낭을 제대루 양어깨에 메면 등과 배낭이 밀착되어 등에서 땀이 더 나게 되어 배낭까지 땀으로 적셔진다.

그래서 한쪽으로만 걸치고 걷다가 한 손으로 들기도 하며 서리풀 공원 고개를 넘어 최단 코스로 귀가했다.

땀이 쏟아진다. 집에 도착 즉시 샤워실로. 이마, 얼굴, 목, 눈에 띄는 피부 모든 부위에 땀이 쫙 흘러내린다. 땀에 불빛이 반사되어 반질거린다. 샤워하고 났더니 연일 퍼댄 피곤기가 밀려온다.

잠시 누웠다. 허기진다.

보리밥에 잘 익어 새큼새큼한 열무김치 움큼 넣어 고추장 푹 떠 참기름 좀 쳐서 썩썩 비벼 먹구 싶다….

여름철이면 늘 보리밥 열무김치가 떠오른다. 열무김치 담가 볼까….

배낭 메고 잔차 타구 남성시장으로 잽싸게 이동. 야채상을 위주로 몇 군데 살폈는데 나와 있는 열무가 다 시들어 터졌다.

시들기만 한 게 아니라 지질해 보였다. 터무니없이 잔챙이들이다. 잔챙이로 시들어 빠진 열무 한 상자에 23,000원이란다. 에이…

상추는 늘 담아놓는 작은 비닐봉지에 담아 놓은 게 4천 원이다. 불과 며칠 전까지만 해도 천 원 아니면 천오백 원 하던 게 말이다. 일단 열무 구매는 포기.

몹씨 출출하다. 시장 입구 2층에 보리밥집이 하나 있는데 지난번에 한번 먹어봤더니 나물 비빔밥으로 그냥 그런대로 먹을 만해서 올라가 물었다. 열무보리비빔밥 있냐구….
있단다. 주문했다.

주문하고 전화기를 열어보니 부재중 전화가 와 있다. 전화했다.
담주 약속 날 일찍 나와 당구 한 겜 치구 한잔하는 걸루 하잔다. 그러면서 뭐 하냐구 묻는다. 열무끔 보러 시장 나왔다가 열무보리밥 먹으러 왔다 했더니, "조오치~ 고추장 넣구 썩썩 비벼서 막걸리 한잔 조오치~~~" 한다.

순간 밥만 먹으려 했던 마음이 흔들린다. ㅎ
날두 더운디 션하게 맥주로 한잔 하까… 하다가 주문해 버렸다.

밥이 나왔다. 냉면 그릇만 한 용기에 보리밥이 최하단, 그 위에 각종 나물 그 위에 계란프라이 하나를 얹어 기름을 부어 내오고 또 별도로 배추김치 열무김치 요렇게 내주더라.
"여기에 열무가 들어 있는 건가요?" 물었다. 그렇단다. 그래도 많이 좋아하시면 그거 마저 다 넣구 드셔요~ 한다.

간이 어쩔까두 없이 별도로 나온 열무를 그릇째 프라이 위에 엎어 얹었다. 고추장 통 사정없이 쥐어짜 잔뜩 넣구 서둘러 비볐다.
한입 딱 떠 넣었다. 음… 그려… 이 여름은 열무보리밥이 참 제격이지…. 션하게 맥주 한 잔 들이켰다. 참 꿀맛이다.

배고픔이 한술 한술 채워지면서 여유가 생기고 야채 얘기를 내가 꺼내 들었다. 써빙녀 화답한다.

"날이 뜨거워 다 녹아요. 상춧값도 장난이 아녀요."

만 원 내외하던 박스에 8만 원이 훌쩍 넘는단다.

그러면서 여자들이 와서 족발 시키면 손해란다. 술은 안 먹구 야채만 조져 댄단다. 얄밉단다.

그래서 그랬다. "상황이 상황인 만큼 추가 야채는 따루 값 쳐서 받으야지요." 했다.

"아이구 어티기 그래요. 그러믄 손님들이 싫어하지요."

"밑지구 장사할 수는 없는 거잖아요?" 내가 물었다.

위로 투루 깡 던져본 거다. 그랬더니 주방에서 일하던 남녀가 힐끗힐끗 나를 쳐다본다. 자기들의 노고를 헤아려 준다는 생각인지 남자가 주방서 나와 내 앞 테이블에 걸터앉더라.

"요즘 같은 날씨에 주방에서 일하시느라 엄청 고생하시것네요…." 하자, "죽것슈…." 한다.

일과가 다 끝나는 건가 하고 물었다.

"이제 시마이 하시는 건가요?" 하자,

"아녀유. 10시까지. 보통 10시까지는 해요." 한다.

"고생들이 많으시겠어요." 하곤 "해마다 여름이면 보리밥과 열무김치 생각나서 열무끔 좀 알아보러 나와 봤더니 모조리 션찮더라구요."라구 던졌다.

이 남자 그런다. 좀 전까지 밝은 표정이 머쓱한 표정으로 변하면서 "왜, 맛이 없나요?" 한다.

"네…?"

내가 먹고 있는 메뉴가 션찮다는 말로 이해하고 맘 상한 듯 뱉은 말이다. 아니요. 그게 아니라 야채상들의 열무 상태가 안 좋다구 이해시켰다. 잘 먹구 말 한마디 와전되어 오해 살 뻔했다.

참 대화 중 온전히 내 마음을 상대에게 정확히 전하는 일이 지난한 일이 아닐 수 없다. 사소한 오해에서 상처받기도 하는 일이 우리 주변엔 다반사다.

나를 비롯한 모두가 다 불완전한 인격체들이니 상대가 나 같을 수도 없는 일이려니와 나 또한 상대 같을 수도 없는 일이라 그러려니 하면서 생각의 차이를 좁혀갈 수밖에 없지 않을까 하는 생각마저 드는 아침이다.

굿 모닝~~~

보슬비 내리는 출근길

2022. 07. 13.

비가 부슬부슬거립니다. 늦은 출근길, 우산 들기 구찮아 그냥 나섰습니다. 대법원 남쪽 건너편 서리풀 문화광장 앞에서 내려 이곳 서초역 1번 출구까지 걷다 보면 서초역 사거리를 건너야 합니다.

건넙니다. 앞에 한 여인이 먼저 걸어갑니다. 임신부인지 폭넓은 옅은 보랏

빛의 원피스 차림입니다.

그런데… 좌우 엉덩이의 실룩거림이 그 넓은 치마폭 너머로 유난히 심하게 드러납니다. 궁금하지만 걷는 방향이 나와 다른 쪽으로 갑니다. 결국 앞면은 보지 못했습니다.

보행 신호 들어오기 직전 유일한 노선버스가 먼저 정류장으로 향합니다. 짜증 나는 타이밍에 횡단하는데 유독 그 넓은 치마폭을 벗어난 실룩거림에 휘둘려 담차 언제 오나는 신경 밖이었나 봅니다.

정류장에 이르러 알림창을 보았습니다. 몇 화면이 넘어간 후 740번이 나타납니다. 1분 전에 지나간 버스가 4분 후에 도착한답니다.

본관 출퇴근 시 배차 간격 15분짜리 유일한 노선에 짜증 나 잔차로 도심을 차와 함께 주행하던 때를 생각해 보면, 4분은 아무것도 아닙니다. 때마침 편의점 앞 자리에 앉아 있던 한 분이 지가 기다리던 버스가 도착하는지 일어나 줍니다.

의자는 여럿 있지만 꺼내야 앉을 수 있는 상태여서 그 남자 앉았던 자리에 손쓸 거 없이 편안히 앉아 있다 바로 오는 버스에 승차하였습니다.

자리 없나 하고 살폈습니다. 전후좌우 쭈욱 살폈는데… 어쩜 서 있는 사람은 하나 없는데 빈 자리 하나 없는 꽉 찬 버스였습니다.

"하…." 하는 찰나, 다음 정류장인 교대역에서 몇몇이 내립니다. 아무런 경쟁 다툼 없이 빈 자리에 걸터앉았습니다.

그때부터 출근기를 옮기기 시작했습니다. 한 자 한 자 머릿속서 꺼내 폰에 옮기는 일이 구찮기도 할 텐데 작업하는 거 보면 신기하기도 합니다.

비는 내리지만 보슬거림 속에 약간의 촉촉함만 느끼는 출근길이었습니다. 사무실에 장우산 하나 있으니 이따 퇴근길에 쏟아지든 말든 든든합니다.

저녁엔 올만에 또 친구들과 자리합니다. 오늘 하루도 지루할 것 같지는 않은 하루가 될 것이 분명합니다 ㅎㅎ

존 날들~~~

고향거리 풍경 소환

2022. 07. 27.

어려서 방과 후 가방 메고 집에 오려면 국도 1호선 따라 조치원 읍내를 벗어나 들판을 건너고 뻔디기 공장—공장명이 -대전생사로 누에고치로 실을 뽑아내던 공장—을 지날 무렵이면 충북선 단선 철도를 건너야 했지.

그 철도는 심하게 굽어져 기차가 가까이에 와야 시야에 띄는 그런 건널목이었어. 다행히도 차단기 조작하는 관계자가 상주하고 있어 위험한 일은 없었어. 그 충북선 철도로는 유난히 화물열차가 많이 다녔지. 조치원역이 가까이에 있으니 서행하며 덜커덩거리는 둔탁한 쇳소리를 내며 아주 천천히 지나곤 했어.

화물칸 칸칸이 느릿느릿 길기도 엄~~~청 길었어. 한참을 기다리다 통과하곤 했지.

그 건널목을 건너면 우측으로만 마을이 전개되고 왼쪽으로는 들판이었지. 그 마을 이름이 새주막거리였어. 아무 생각 없이 새주막거리 새주막거리 하고 다니곤 했어.

가끔 엄마 심부름으로 우리 마을엔 주막이 없어서 성황당을 넘어 이웃 마을 인 석굴에 막걸리 심부름을 다니곤 했는데, 그 집이 어쩌다 문 닫혀 있으믄 할 수 없이 새주막거리까지 와야 했었어.

그 주막거리를 통과하면 또 건널목이 나와. 그게 경부선 복선 철도야. 열차 가 자주도 다녔어. 상행선과 하행선 간격이 좀 넓은 편이라서 모두 횡단하려 면 15~20m쯤 되었던 거 같어.

차단기 밖에서 저 멀리 오는 기차를 바라보면 송충이 대가리 같은 벌건 기 관차가 빠른 속도로 서울 쪽에서 내려오곤 했지.

덜커덩거리는 쇠붙이 마찰음과 집채만 한 기차가 무서워 차단기서 멀리 떨 어진 채로 기다리다 오곤 했어.

그 건널목을 건너면 삼거리가 나오지. 그 삼거리엔 동네 방앗간이 있었어. 그 삼거리 주변서 교통사고가 잦았지. 곧장 달려오다 굽은 삼거리서 미처 핸 들을 틀지 못한 채 논바닥으로 추락하는 트럭들이 가끔 눈에 띄곤 했어.

차들이 많이는 다니지 않았지만 내가 지나갈 때 대형 트럭들이 그렇게 또 쑤셔 박으믄 어떻하나… 하고 조심스레 다녔지.

삼거리를 지나면 양옆으로 또 들판이 들어서고 조금 더 가다 보면 우측으로 마차도 지날 수 있는 넓은 농로가 나오는데, 거기엔 상주하는 사람 없는 경부철 도 건널목이 있었고 기차가 지날 즈음엔 차단기가 경고음과 함께 땡땡거리며 내 려오고 올라가는 무인 건널목이었고 그 너머에는 넓은 들판이 자리하고 있었지.

그 국도변 좌측으로는 돌간산이 놓여있었어. 아마도 1번 국도 공사할 때 산을 일부 쳐낸 것으로 보여. 절벽이었지.

그 절벽 밑에 돌간산 할머니가 기거했었다는 무서운 이야기를 전해 들었었어. 실지 살았던 건지는 몰라.

그 돌간산을 끼고 돌면 우리 마을인 구렁말이 나오지. 20여 가구 모여 사는 아기자기한 마을이었어. 우리 마을로 진입하는 길은 돌간산 자락을 낀 사람 하나 간신히 지나는 좁은 길이 있었구, 저쪽으로 차가 다닐 수 있는 넓은 길이 있었지.

시내 나갔다가 돌아올 때 대부분의 마을 사람들은 좁은 길로 걸어 다니곤 했었어. 그 돌간산 낀 좁은 길로 들어오면 바로 우리 남새밭이 있었지. 그 남새밭에 엄마가 흰 수건을 머리에 두르고 김을 매는 가운데 하루나라 불렸던 유채꽃밭에는 배추흰나비들이 너울너울 춤을 추고 있었지.

무당벌레들은 맨날 야채 줄기에 붙어서 위로만 올라 댕겼던 거 같어. 매일 로프 잡고 등반하듯 말이지.

참 평화로운 정경이었지. 지금도 선하지, 그 광경은.

엄마 김매시는 동안 오이밭에 딸 만한 오이 있나 살펴보다 실한 놈 발견되면 횡재라도 하는 양 마음이 흐뭇했었지. 가장자리에 심어놓은 강낭콩도 따오기도 하고. 그거 까서 바로 밥해 먹으믄 그 씹히는 감촉이 주겼자나….

○형이의 무당벌레(고교 카톡방) 보니 고향 마을 정경이 펼쳐지고 해서 한번 그려봤어. 지금은 그 모습을 잃었지만 나의 고향은 그 모습대로 온전히 내 마음속에 두고만 싶어져….

가을 전령 귀뚜라미

2022. 08. 06.

새벽녘. 동트기 전 배고프다.

입안부터 개운하게 헹궈냈다. 구석구석 싹싹 더껑이를 벗겨냈다.

약 3년 됐을까… 잇몸이 시려 치약 좀 존 걸루 써보기도 하구 했지만 시린 걸 모두 싹 없애지는 못했다.

치과에서 하란 대로 양치질을 하기 시작했다. 평생을 해오던 대로 먼저 수평으로 닦아 낸 다음 수직으로 치아 안쪽 바깥쪽을 한쪽 한쪽 정성을 다해서 씻어냈다.

바깥쪽은 상하운동이 그런대루 잘 되는데 안쪽 하기가 쉽지 않다. 힘들지만 건성으로 하지 않았다. 남김없이 닦아내느냐, 특히 안쪽 면 상하운동 시는 바깥으로 많이도 튀어 배긴다. 양치질하는 오른손등 왼팔 욕조 벽면 등에도 튀어 배긴다.

아랑곳 않구 성의를 그렇게 다한 다음부터는 잇몸이 시린 정도가 현격하게 줄어들었다. 준 게 아니라 시린 느낌이 아예 없어진 지 오래다. 그렇게 입안 소지를 마무리하고 밥상을 펼쳤다.

찬두 많다. 있는 찬 모두 꺼내기는 가짓수가 넘 많다. 조기새끼 군 거, 친구 마눌이 싸준 무말랭이, 또 오이소박이, 내가 무친 가지나물, 미역국, 고추장

멸치 그리고 보리밥.

많이 먹었다. 자꾸 한 입만 더, 한 입만 더 하게 되더라.

그래… 그만 먹자… 참자…. 찬그릇 정리해서 냉장고에 들여놓고 빈 미역국 통과 밥그릇은 싱크대로….

바깥이 환해진다. 안방 창문을 열어젖혔다.

한여름의 열기가 한풀 꺾인 듯, 약간의 서늘한 새벽 기운이 스며드는 기분이다. 식후 디벼 누우면 좋지 않다는 걸 알면서도 활동하기가 구찮다.

위안을 삼고 싶었다. 보리밥으로 한 끼 했으니 쌀밥보단 덜할 거야… 아마 그럴 거야…. 하면서 침대에 누워버렸다. 참 편하다….

들려온다. 띠띠띠띠 띠띠띠띠….

한 마리가 내는 소리 같다. 쟤는 숨도 안 차는가 보다. 텀을 안 준 채 끊임없이 울어댄다. 아마도 소리 내는 것과 숨 쉬는 건 별도의 기관인가 부다. 어쩜 저렇게 쉼 없이 울어 제낄 수 있는 건지….

문득 저 가을의 문턱 소리 옮겨 적어보자 하고 한 자 한 자 옮겼다. 서두 글부터 정리한 다음 지금 이 대목으로 옮겨 갈 즈음엔 아까 울던 그 쉼 없이 한 톤으로 울어대던 귀뚜라미 소리가 잦아들었다. 가끔씩 다른 녀석인지 아까 그놈인지 다른 색깔로 드문드문 울어댄다. 좀 숨도 쉬며 하는지 텀을 주지만 지금 이 순간은 잠잠하다.

배가 포만해지는 듯하다. 그래도 그냥 누워 비비적거릴란다.

최적의 아침 기온이 참으로 평온하다.

바깥에 소음도 잡소리도 없다가 먼발치서 아득한 귀뚜리의 희미한 울음소리만 가끔씩 들릴 듯 말 듯 한다. 오늘 오전엔 게으름도 피다가 오후에나 민턴

가련다.

한여름 가을 문턱의 바깥 내음이 싱그러우면서 또 평화롭다…
평화로운 휴일들~~~

동네 한 바퀴

2022. 11. 27.

라면으로 해장 후 동네 한 바퀴 돌러 나갔다. 늘 돌던 코스를 바꿔 보자 생각하고 앱 걸고 서래마을 쪽으로 튤발~

서래마을 들러 반포종합운동장 거치고 반포천 따라 뚝방길을 걷는데, 우측 반포 3주구는 공사 현장의 높은 가림막으로 둘러 쳐져 있었고, 이수교차로 통과하여 방배동 카페골목 따라 쭉 따라 걷는데 늘 떠오른다… 민턴에 흠뻑 빠져 들렀던, 또 무수히 들이키던 술잔들. 이 집서도 저 집서도 모조리 거덜 낼 듯 빨아대며 쏘다녔었지….

그렇게 카페골목도 끝이 나고 반포세무서 뒷골목으로 쭉 빠져나와, 내방역 마트 들려 짜왕 우유 배낭에 담고 카운터에 섰다.
회원 번호 또 부르란다. 불러줬다. (캐셔는)또 잠시 검색 중이다.
찾았나 부다. "모모 님이세요?" 확인 요청한다.

"네 맞습니다. 근데 찾느라 고생이시니까 제 폰에다 회원 카드 담아주실 수 없어요?" 하니,

"아녀요. 해당 전번의 32번째 모모 님이라 말씀해 주시면 되여~" 하더라. 그것두 명랑한 미소까지 담아서.

마트 나와 골목 따라 귀가하다 집 다 와서 늘 지나치던 그 감나무집 현관 가까이서 감나무를 자세히 살펴봤다. 감나무를 가까이서 관찰하다 사진 찍는 나를 바라봤던지, 다른 옆집 할머니가 할아버지가 운전하던 차의 조수석에 들어앉더니 마스크를 내린 채 돌아서 발길 옮기는 내게 환한 미소를 선사해 주시더라.

나두 화답의 미소를 보내드렸다. 그러자 차가 이제 막 서서히 출발하면서 내 옆을 스쳐 가며 교차, 지나가는 순간까지 마주 보며 밝은 인사를 나누었네 그려….

한낱 자연의 아름다움에 또 그 이우지(감나무집)의 넉넉한 마음—달린 감을 아예 하나도 안 따고 남겨둬 동네 새들 잔칫상이나 다름없다—에 저절로 관심이 나두 몰래 쏠리는 건, 나나 그나 누구나 그렇듯 인지상정인가 부다. ㅎㅎ

힐링 주말 되셔들~~~

냉 마사지

2022. 12. 14.

04:38 기상. 거실에 불이 켜져 있다.

'아니 여태….'

딸이 겜하는 줄 알았더니…

깜빡했다. 아르헨 대 크로아 4강전을 아들이 시청 중이더라.

참 어제 잠자리 전 축구 본다던 다짐은 어디다 뒀던지 까마득히 잊었던 거다. 스코어 2:0, 아르헨 리딩 중이다.

전반전 곧 끝나고 휴식 시간 중 아침을 냉장고에 남아 있던 김치찌개에 누룽지 넣구 팍팍 끓여 먹구 후반전 계속 관람.

후반 몇 분인지는 몰라도 메시의 환상적 드리블에 이은 기가 막힌 어시스트가 세 번째 골로 연결되고… 그렇게 마무리 후 출근 채비. 단단하게 무장했다. 목도리에 빵모자까지.

계단을 다 내려와 보니 유리 현관문 밖의 도로엔 눈은 안 보이고 염화칼슘 흩뿌린 티가 확연히 보이더라. 대설 예보가 빗나간 모양이다. 날도 춥구 그러니 자철루 이동하려 늘 걷던 코스 반대쪽으로 20여m를 걸어 내려갔다.

근데 이상(?)하다. 안 춥다. 순간 갈등하다 서초역까지만이라도 걸어가도 되것다… 생각이 드는 순간 방향 틀어 늘 걷던 코스로 돌아섰다.

신호등을 건너고 서리풀 터널을 통과할 때는 아늑함마저 들게 하는 추위라곤 한 치도 없다.

터널을 빠져나가 서초동에 이르자 바람부터 심상찮다. 부는 바람이 세찬 냉기를 품고 옷깃 틈으로 달려들었다.

'어…?'

터널 끝서 서초역 1번 출구 정류소까지 도보 약 10분간은 혹독한 그 겨울 북서 삭풍이 내내 만만찮은 기세를 보여주더라.

보행 신호 대기 중 약 올리듯 지나간 노선버스는 기대를 저버리지 않고 또 3분 후 도착이다.

5분 이상을 기다리지 않게 해주는 740번 노선버스에 또 감사하는 마음으로 승차, 기사님께 고맙다는 말씀을 묵례로 전하고 회사 도착.

잠시 코트를 벗지 않은 채 몇 분을 앉아 약간의 냉기를 녹인 후, 화장실에 들려 용변을 본 다음 비데를 작동시켰는데…

아니…? 뿜어나오는 물이 온수가 아니다. 차디찬 기온에 실컷 노출된 채 얼지만 않았을 뿐인 수돗물이 똥꼬를 냉마사지 한다.

곧 미지근한 물로 바뀌길 기대했지만 계속 차다. 똥꼬가 마비될 지경이다. 못 버티겠다. 껐다. 수온 조절밸브를 눌러봤다. 작동이 안 된다.

이런!!! 마무리하고 뜨신 물로 샤워 후 하루를 시작한다.

몹시 추운 날. 따뜻한 이야기 솔솔 피어나는 따뜻한 하루들 되여~~~

마구 걸을 수 있는 행복

2022. 12. 20.

도보 출근 중 사무실 근방 강남대로를 횡단하며 예전 아부지의 말씀이 불현듯 떠올랐다. 살아생전 말년 10여 년을 고관절 이상으로 제대루 걷지 못했던 삶을 사시다 가신 아부지.

입버릇처럼 하시던 말씀이 있으셨다.

이노므 다리, 남들처럼 단 하루만이라도 쌩쌩하게 걷다 죽어도 여한이 없겠다던 아부지.

젊으셨을 적 우마차 말마차를 끄시면서 당시 화물운송업을 영위하시다 농번기에는 소를 이용해 논밭 갈이를 하시면서 철도 너머 경지 정리 잘된 논배미 한 구간 갖는 걸 꿈꾸시다 마침내 이루어 내셨던 아부지. 겨울이면 깊은 산중에까지 가 나무를 산더미처럼 지게에 지고 집으로 해 날으셨던, 건장함이라면 거친 소나 말도 당해 낼 것만 같으셨던 아부지.

말년에 자유롭게 걷지 못하셨던 그 한에 젊었을 적의 당신의 모습과는 현재의 그 초라한 모습에 얼마나 억장이 무너지듯 가슴 아프셨을까….

문득 아부지에 대한 생각이 겹치면서 내 두 다리 성해서 어디든 시간만 주어지면 걸어서 이동할 수 있는 지금 상태가 얼마나 고마운 일인지….

6~7년 전쯤 어느 날. 개업 기념 봉투를 전하려 사무실에 들렀던 동료 한 분

이, 당시까지만 해도 달리기, 민턴, 자전거 세 가지 운동에 심취되어 그 낙에
살던 내게 묻더라.

"아직두 마라톤 하셔요?"
"암요, 하고 있지요."
"아니 무릎이 괜찮으셔요?"
"네 괜찮은데요?"
"참… 대단하시네… 부모님께 건강한 신체 물려받아 감사해야겠어요….'
"아… 그런 거군요…." 했었다.

지금의 나는 예전같이 마구 뛰어다니지는 못하나 최소한 걸어 어디든지 갈
수 있는 건강한 신체를 갖고 있으니, 그 퇴직한 동료 말마따나 엄마 아부지께
감사한 마음에 그 부모님들의 생전의 모습들이 겹겹이 겹쳐 떠오르네 그려….

성탄절 아침

2022. 12. 25.

눈을 떠보니 7시가 넘었다. 일나기 구찮아 계속 잠을 청했다.
또 떴다 8시 반. 또 잤다. 참 잠두 잘 온다.
배밭에 가 좋은 벗들과 좋은 안주와 함께했던 전일의 좋았던 시간 탓인가
부다.

10시 다 되어 기상하구 딱 한 그릇 퍼져 그릇에 담겨 있는 밥 한 공기 뚝딱 했다. 밥 다 먹구 밥솥을 열어보니 잡곡이 안쳐져 있더라. 서리태 적정량을 씻어 안친 잡곡에 올려 서리태를 안 불린 채 바로 취사 개시~

글구 침대에 뒹굴거리며 여기저기 톡방에 전해 온 산타 영상 등을 감상하며 푹 쉬다가 밥이 다 될 즈음인 조금 전 밥솥을 살펴보니 보온으로 넘어가 있더라.

애들이 콩밥을 싫어하니―특히나 딸은 콩을 골라내 버린다 아깝게ㅠㅠ―밥 위에 예쁘게 장식되어 있는 서리태를 살살 걷어 한옆으로 옮겨놓고, 밥은 주걱을 바닥에서부터 밥을 걷어 올리며 예쁘게 풀어줬다.

콩밥이 풍기는 향내가 너무나 고소했다. 주걱으로 콩만을―콩 반, 밥 반 정도―위주로 한 숟갈 못되게 살짝 떠내어 씹어봤다.
씹히는 콩 맛이 쫀득한 식감과 더불어 씹을 때 입을 벌리는 순간 그 고소한 향내와 함께 식욕을 한껏 자극하더라.

한술 더 뜨지 않을 수 없는 강렬한 유혹이다. 이미 먹었던, 자싯물 그릇에 담겨져 있는 그릇을 집어내 콩을 위주로 반 그릇 담았다. 김치꽁치삼겹살찜, 고추장멸치볶음, 고등어구이 등과 한술 더했다.

넘 맛있던 탓일까… 아랫입술마저 덤터기로 씹히려 들 뻔한 순간, 아슬아슬하게 씹는 운동을 멈춰 입술 씹는 것만은 간신히 모면했다. 밥이 넘 맛있던 탓일까, 나이 먹어가는 흔적일까. 그렇게 한 그릇을 뚝딱 해치웠다.

맛난 밥 한술의 행복. 산타가 내려주신 성탄 아침의 선물인가 부다. 메리 크리스마스~~~ ㅎㅎ

개꿈

2023. 01. 07.

이른 아침, 밥 먹구 티비 켜 놓고 신문 들척이는데 아들이 말 시킨다. 한참을 응대해 줬다. 심들다. 또 졸리기까지 했다.

잔다고 드왔다. 8시 넘은 시간, 잠깐 잠들었다.
안면 있는 어떤 여인이 안방인 거 같은 내가 누워있는 방으로 슬그머니 들어온다.
또 침대가 더블 트윈이다. 바로 옆 다른 침대서 눕는다.
무슨 말인가 오고 갔다. 내용은 생각 안 난다.

내가 누워있는데 잠을 청하는 듯한 자세로 바로 옆 침대서 이불을 슬쩍 덮으며 눕는 자세를 하던 그녀. 나도 누운 채 툭 치며 말걸었다. 건넨 말두 그 내용은 생각이 안 난다.

잠이나 자라는 듯한 졸린 듯한 표정으로 눈을 지긋이 감던 여인.
순간 긴장, 두근두근, 흥분 모든 감정이 쏠리는 듯했다.
본능이 발동할 즈음, 이뤄!!!

깼다. 꿈이다. 허탈하다 ㅋㅋㅋ

김치찌개 만찬

2023. 01. 09.

이른 저녁에 친형들과 한잔하기로 되어 있어 늘 하던 오후 운동을 접고 오전에 나가 한탕 뛰었다. 58 개띠들 형들 둘, 다리 한 짝 다쳐 부상 중인 60년생 형 하나, 그리고 나. 이렇게 넷이 구성됐다.

편을 어떻게 짜냐고 형들이 그런다. 그중엔 내가 젊고 젤 빠르니 그 다리 부상 중인 형하구 편 먹었다.

겜 시작. 58 개띠 주당 형이 그런다. 막걸리 내기 하잰다. 당연 그건 다리가 부상 중인 형 하나 낀 내게 절대 불리해 언급조차 안 했다.

그렇게 댓 겜 후 단골 식당에 김치찌개 주문해 놓구 내려갔다. 도착해 보니 식당 사장이 당황하는 기색이다.

"급할 거 없으니 츤츤이 하셔." 했다.

금방 끓여 내갈 테니 빈속에 술 먹지 말란다.

밑반찬이 나왔다. 막걸리파 두 명, 소맥파 나를 포함 두 명, 소주파 한 명. 각자 잔을 채웠다.

쭈우우욱~~~ 캬~~~

땀 흘린 뒤의 참맛!!! 한 잔만 한다는 게 멈출 수 있는 상황이 아니다. 게다가 나온 김치찌개는 그 투박성이 끝판왕이다.

비곗덩어리가 지멋대루의 크기로 잘려 질그릇의 그 투박성을 닮아 시각적으로 그냥 쭉쭉 빨려 들어온다.

한술 떴다. 캬… 그 국물의 새큼함도 더 이상은 있을 수 없는 지경이다. 몇 잔을 말아 연거푸 나누어 들이켰다. 적당량을 채우니 배들이 불러오나 부다.

얼마냐고 병 수를 헤아리고 셈하더니 65,000원이란다. 형편이 어려운 동생을 제외하고 네 명이 2만 원씩 내라고 내가 그랬다.

그랬더니 그 다리 불편한 형이 그런다.

"야 이… 살람아!!! 우리가 졌잖아!!! 우리 둘이 내야지. 니 4만 원 냐!!!" 이런다.

아니 이런 쌍!!! 부상당한 사람하구 내기하는 게 어딨댜 참 내….

가방을 뒤져보니 2만 몇천 원 나온다. 주머니에 있던 돈 만 원, 도합 3만 몇천 원 건네줬다. 나한테 수금하던 그 형, 주머니서 돈 끄내는데 5만 원권이 한두 장 보인다.

이뤈… 주머니에 있던 만 원권 한 장까지 괜히 내줬네… 쌍….

그걸루 다른 사람한텐 안 받구 자기가 다 계산한다. 나두 땡깡 더 부렸으면 덜 내두 될 뻔했다. ㅋㅋ

식당을 나오려 하자 전에 콩나물국을 한 자리서 8그릇을 먹던 내게 그 여사장 그런다. 오늘은 콩나물이 준비 안 되어서 못 줬는데 담에 또 오란다. 그땐 콩나물국 끓여준단다.

내가 그랬다. "콩나물국 안 끓여 줘도 또 올규 멀~~~"

웃는다. ㅎㅎ

헤어져 돌아오는 길이 맘이 참 가볍다. 즐거움으로 가득한 점심 김치찌개 한 상이었다….

마지막 인사이동

2023. 01. 12.

인사이동 전 마지막 날. 낼이면 기존 직원 70~80%가 새로운 직원들로 채워진다. 퇴직 전 마지막 인사.

남는 직원 셋. 품성, 직무 능력 모두 다 출중하다.
새로이 구성되는 이들이 어떤 품성이든지 간에 이들 세 명이면 다 녹여들어 함께하는 데 지장이 전혀 없을 듯한 친구들인 거다.

든든하다. 또 설렌다.
어떤 인물들일까… 궁금도 하다. ㅋㅋ

치열한 게임

2023.01.15.

오전 운동 민턴 다섯 게임. 마지막 1:1, 잠시 휴식하다 결승전.
잘 나갔다. 초반에만. 11:0 앞서 나갔다. 20점 넘어서니 엎치락뒤치락, 우리 클럽 통상 25점 겜인데 24:24. 이른바 듀스다.

먼저 포인트 따서 한 포인트만 더 따면 이기는 건데, 점수 내주구 다시 또 듀스.

그러기를 몇 번을 반복. 28:28.
치열하게 다퉜다. 이뤄! 한 포인트 내줬다. 29:28.
그 귀한 한 포인트 뺏겼다, 젠장할. 30:28
형들에게 졌다 동생들이 ㅠ

땀을 흠씬 흘렸다. 졌지만 그 땀들로 인해 그간 퍼대었던 알콜들이 싹 빠져나가는 듯 몸은 한결 가벼워진다. 기가 막힌 구장이고 함께 즐겁게 땀 흘릴 수 있는 친구들이 곁에 있어줌에 고맙기만 한 세상이다.

능청

2023. 01. 15.

걸어오다 남성사계시장에 들렀다. 사과 열다섯 개를 만 원에 팔더라. 그렇다고 지질한 거만 모아 놓은 게 아니다.
샀다. 배낭에 쏟았다. 지랄하구 공간은 넉넉한디 들어가기가 시른지 배낭 놓은 데크 바닥에 너댓 개가 나뒹군다.

사과를 사거나 구경하던 언니들이 그런다.

"저 아저씨 저거 봐."

"왜 저런댜…." 한다.

던졌다. 내 주특기 능청으로.

"사과를 넘 많이 주셔서 넘치자나여~~~"

웃는다.

풀빵 한 봉지 3천 원어치 사 넣구 시장 입구 쪽으로 빠져나오는데, 마지막 생선가게서 홍언지 가오린지 커다란 놈을 큰 도마에 올려놓고 칼로 손질하구 있더라.

잠시 서서 구경했다. 홍어란다. 옆에 서 계신 언니가 사는 거란다. 단돈 10만 원이란다. 엄청 싼 거다.

칼로 도려내더니 뺀지로 껍데기를 잡고 힘껏 벗겨 젖힌다. 잘 벗겨지다 뚝 끊어지고 또 벗기고 또 끊어지고 또 벗기고… 반복이다.

그러는 사이 주문하고 지켜보던 그녀, 나보고 남은 한 마리 사란다. 거저라면서. 저걸 다 어티기 먹냐고…

두고두고 먹어두 되는 거라고 한다. 아예 살 의향을 안 보이니 딴 거라도 사란다. 뭣 좀 사구 뭣 좀 사란다.

그러면서 자기가 누나라 그런다. 나보다는 위로 보이긴 하더라. 그래도 나를 아래루 봐주니 고맙더라.

능청 떨듯 몇 마디—정확한 내용은 기억에 없다—주고받았더니 해체하던 이 옆에 다른 일 보던 가게 관계자가 같이 오신 거냐고 묻는다. 친분이 두터운 관계 같아 같이 온 줄 알았단다.

술에 취한 기운에 그녀의 마스크 위 눈가의 웃음기 섞인 주름마저 사랑스러워 보이더라.

이뤈!!! ㅋㅋ

자랑스러움

그 귀한(?) 단어. 살이 에이더라. 출발 전 기온 체크, 영하 16도.

내복 목도리 단단히 챙겨 입구 나섰다. 버스나 자철로 생각했는데 나서보니 견딜 만했다. 코트 주머니에 있는 빵모자 뒤집어쓰고 걍 걸어가자, 고~

강남대로 횡단 골목길 걸을 땐 그렇더라. 광대뼈 있는 살갗이 에어들더라.

엘에 탑승. 풀무원 아줌마도 탄다. 가볍게 묵례라도 하려는데 빵모자 탓에 몰라보는 눈치다.

그냥 모른 체 하려는데 옆에 서더니 이내 알아본다.

화답하고 자리에 도착. 7,400보.

최강 한파를 뚫고 걸어온 내가 자랑스럽다. ㅋㅋㅋ

110

계란찜

어제저녁 장모님이 사시는 흑석동 정은사에서 볶음밥 만들고 계란프라이 해서 얹으려 했는데 계란이 냉장고에 없더라. 장모님이 사시는 곳은 흑석동의 비개라고 불리는 동네로, 그 동네는 가파르게 북쪽으로 경사져 내려오는 마을이다.

5분 정도 걸어 내려가면 부영수퍼가 있다. 올만에 들러봤더니 예전의 그 할머니가 더 고운 모습으로 앉아 계셨다.
허리도 굽음이 없이 꼿꼿하신 게 건강 관리를 참 잘해오셨나 부다.

한 판에 8천 원 한다면서 한 판을 건네려 해서, 어머님이 잘 안 해 드시니 한 판은 많을 듯하여 10개만 달라했다. 3천 원이란다.
사 가지고 와서 세 개를 풀어 계란찜을 해놓았다.

유년 시절, 외할머니가 집에 가끔 들르시면 어머니는 가마솥 밥이 끓어 뜸 들일 적에 자작거리는 밥 위 한쪽 작은 종발에 계란찜을 해놓으시곤 했었다. 상차림에는 할머니만 잡수라고 할머니 밥그릇 쪽에 바싹 붙여 놓으셨었다. 평상시 못 먹어보던 거라 먹어보려 숟갈 내밀었다가 엄마한테 혼난 적이 있었다.

그 어머니가 해드렸던 그 정성을 장모님께 내가 손수 해드리고 싶었던 거다. 저녁 다 먹은 후 계란찜을 그렇게 해놓구 나오니 내 마음이 참 뿌듯하더라. ㅋㅋ

그저 또 한잔

2023. 01. 29.

어제 예식장에 다녀왔다.

올만에 재회한 초등 친구들. 소주를 몇 병 깠다.

첨에 몇 잔을 스피디하게 들이켜던 친구는 너덧 잔 그리 마시더니 이내 줄어들지 않는다.

다른 테이블에 있던 두 친구가 합류한다. 참 반가웠다. 함께 잔 기울일 친구가 한 좌석에 있으니.

합류 초반 몇 잔 기울이더니 이내 잠잠, 속도가 안 나더라. 그저 나만 붓다가 멀리서 핸들 잡고 동승해서 온 친구들이 간단다.

아쉽다. 옆자리엔 여친이 앉아 있었는디 강탈당하는 느낌이다. ㅋㅋ

헤어지고 식장을 터벅터벅 혼자 거닐며 골목길을 나갔다. 그냥 한적한 시간대이니 주모 홀로 있을 만한 허름한 식당에 들러 한잔 더 기울이고 싶은 마음이 굴뚝 같다.

그런 마음을 견뎌내고 정류장에 도착, 알림이 창에 기다리던 유일한 빨간 버스가 도착. 시간이 참 많이도 남아있다.

수원 시내버스 하나 잡아탔다. 한일타운에서 환승, 과천 관문사거리 지날 즈음 흑석동에 사는 형 하나한테 전화했다. 조용히 받는다. 느낌이 온다. 그냥 집인 거 같다. 잘됐다. 한잔 준비가 되어있는 게 분명하다.

남성시장 설렁탕집서 수육에 한잔. 서빙녀하구 말장난하는디 이 서빙녀 대꾸 실력이 만만찮다. 그렇게 장난치다가 뒤늦게 나온 형하구 맹물 같은 이즈백 몇 병 비웠다.

글구 나서 옛 전우 만나러 서래아지트로 이동, 거기서 셋이 마무리. 아지트의 기억은 거의 없다.

그렇게 자리한 후 귀가. 귀갓길도 생각 안 난다. 암튼 용케두 잘 다닌다.

깼다. 순간 출근해야 하는 날인가… 아니다.

참 다행이다. 오늘 오후엔 나가 한바탕 즐겨야지….

운동이 억지로 하는 게 아니다. 즐거움 자체 덩어리다. ㅎㅎ

주접

2023. 01. 31.

직원이 점심 같이 하잰다. 어제 한잔했으니 같이 한 사람끼리 해장하자는 얘기 같다.

머뭇거리다 내 뒷쪽 책꽂이 위에 놓여진 도시락을 보이며 난 도시락 먹을게 했다.

"다른 때같이 많이 마신 다음 날이면 얼큰 칼칼한 김치찌개 같은 게 생각날 텐데, 오늘은 별루 생각이 없네." 하자, 앞자리 자리한 등빨 좋은 직원이 "아니, 어제 마신 그 양은 술을 덜 드신 거라구요?" 하며 깔깔거리며 웃자 캐비넷 너머에 있는 여자 팀장까지 자리에서 일어나 내 자리를 넘어 보며 그녀 또한 깔깔댄다.

아니, 얼마를 드셔야 많이 드시는 건지 의아해들 한다.
섬섬 가야는디 걍 미련 떠는겨 멀… 주접떠는 걸 봐야…. ㅋㅋ

자동차 검사 1차

2023. 02. 04.

자동차 검사 왔다. 몇 대가 줄 서 기다린다. 그 뒤에 댔다.
관계자가 와 보더니 차가 유독 시끄러우니 염려하는 듯 "합격할라나 모르것네여." 하면서, 아마도 마후라 어디가 나간 거 같다 한다.

"마후라도 검사 항목인가요?" 묻자,
"마후라는 대상이 아니지만 마후라가 터지면 배기가스 부분이 불합격 나올 수가 있는 거지요." 하며 귀한, 신기한 차량 보듯 물끄러미 웃으신다.

합격해야 될텐데… 영 소리가 불합격할 거 같단다. 마치 재미난 차량 올만에 만난 듯 재미있어하신다.
불합격하면 검사비는 안 받는단다. "불합격하면 거 기분이 안 좋자나요."

114

하시면서 나를 보며 또 웃으신다.

불합격되면 정비하구 검사하믄 되지 머, 까이꺼.

자동차 검사 결과

2023. 02. 04.

판정실로 오란다. 판정실이 어딘지 몰라 서성거리자 그 아저씨 알려준다.

들어갔다. 여태 그런 적이 없었는데 설명을 다 한다. 마후라 이상으로 배기가스는 아예 점검을 안 했단다. 한 달 내 정비하구 오면 무료로 점검해 준단다.

차를 끌고 나가는데… 그 아저씨 또 엄청 궁금해하신다.
"어떻게 됐어요?" 만면에 웃음을 띤 채 물어온다.
"불합격유."
"내 그럴 줄 알았어요."

검사서를 보잰다. 보여줬다.
또 엄청 즐거워하신다. 그 털털한 웃음을 보니 웃지 않을 수 없다. 나두 웃으면서 그랬다.

"엄청 좋아하시네. ㅎ"

그러자 내가 던진 말이 농담인 줄 알고 또 변명을 또 웃으시면서 늘어놓으신다. 암튼 그 표정이나 던지는 말에는 아무런 나쁜 감정이 섞이지 않음을 안 나는 그랬다.

"건강하셔여~~~"

잼난 그 표정에 저절루 나오는 웃음을 던지며. ㅋㅋ

부고장

2023. 02. 09.

일 년에 한두 번 안부 전해오던 형님으로부터 톡이 왔다.

제목 부고로. 부친상인가 보군, 했다.

그런데 내용을 읽다 보니 상주 란에 있어야 할 그 형 이름이 없다. 어…? 이상하다….

아니 이뤈!!! 그 형 본인 상이다.

퇴직하던 15년에 자격증 취득하고 서종면에서 부동산하구 있었는데… 봄이면 잔차 타구 놀러 갈께요~~~ 했었는데….

학교 외 외부 활동을 거의 안 한 채 집안에서만 보내던 고1 어느 날, 아마도 오뉴월 어느 날인지 싶다.

바로 위 형이 함께 생활하다 큰형 친구가 하던 교외의 소가죽 염색공장에 취업을 해서 거기서 먹고 자고 있었는데 놀러 오라 해서 휴일 날 시외버스로 이동, 정류장서 걸어 그 공장에 가는데….

길가의 잡풀들이 자란 모양새들을 보니, 아니 벌써 언제 세상이 이렇게 변했지… 의아하고 놀라기도 했었다. 세상에 대한 두려움으로 모든 게 불안하기만 하던 시절, 그래도 학교만큼은 남들 하는 대로 부적응 속에서도 묵묵히 다녔었다.

세월이 흘러 대학을 마치고 취업을 억지로 해서 억지로 적응하다가 뒤늦게 만난 인연. 모든 게 쉽지만은 않은 세월이었지만 그런 과정이 있었기에 지금의 내가 있는 거지….

지금 나를 에워싸고 있는 모든 인연에 감사하련다. 어찌 고맙지 아니하랴. 부족한 면 보듬어 갈 줄 아는 나로 거듭 나야지… 암….

불금은 아닐지언정 그냥 넘기긴 싫었다. 지나치다가 늘 봐왔던 강된장 보리밥. 허영만도 다녀갔다는 걸신 맛집. 그 집에 가기로 했다. 나왔다. 그래도 수다 떨어주는 전주집이 나을 듯해 그리로 가자 했다.

횡단보도를 건너고 입구를 지나 전주집을 향하자 문이 열려있다.

드갔다. 주방에서 낯선 인물이 반긴다.

"오빠~~~~"

'누군디 아는 척한댜 그래….'

밍기적거렸다.

손님 하나 없는 집 한가운데 삼겹살용 불판이 놓여진 곳에 떡하니 자리 잡았다.

계속 주방에서 일 보면서 아양 떤다. 그래도 누군지 몰것다.

그 애인가… 접때 술 취해서 왔다가 장난치다 갔던… 아니 걔는 뚱뚱했었는디….

십여 분 후 주방일을 마쳤는지 홀로 나오더라. 가까이서 보니 그 뚱뚱이다!!! 하….

"야!!! 왤케 말랐어? 몰라봤자나!!!"

삼겹살 2인분이 먼저 나왔는데… 이 아줌마들 삼겹살을 쟁반에 한가득 담아 자기네들 회식하는 날이라며 우리 옆자리에 자리한다. 사장님이 이 삼겹살 사는 거니 우리한테 술만 사 달란다.

모두 다섯이 둘러앉아 각종 수다와 더불어 흥겨웁게 마셔댔다.
여시같은 ×들 틈 속에서 한 잔 두 잔, 그렇게 취해갔다.
또 뒤늦게 들어온 손님들과도 합석해 함께 주고받던 느낌이 희멀건하게 기억에 남아있다.

깼다. 창밖이 흐릿하게 밝아온다.
엊저녁 기억이 스멀스멀 떠오르며 나도 모르게 미소가 지어진다.
참 인연은 그렇게 미소 지음으로 남겨지는가 부다. ㅋㅋ

쪼잔함

2023. 02. 15.

며칠 전, 마눌이 주방서 조리하는데 부뚜막에 올려진 대파 썬 게, 내가 덜어 쓰고 얼마 안 남았던 지퍼백 속에 담긴 그 봉투가 눈에 띄어 물었다.
"파 이게 다인 거지?"
그러면서 대파를 주로 넣어두는 냉동실 오른쪽 문을 열어 확인하는데…. 떨어져 가는 대파를 준비해 두려 확인하는 걸 직감한 마눌 그런다… 탁자에 앉아 뭘 먹고 있던 아들 엿들을까 봐 조심스레 말한다. 입 모양만 크게 하고…

뭐라는 겨…

다시 한번 얘기한다. 작은 소리로 또 큰 입 모양으로…. 그러는 거다. 쪼잔하게 그러지 말란다. 스케일을 크게 가지라는 의미다.

어쩌랴… 난 그렇게밖에 안 되는 그릇인걸…. ㅠ

도보 출근길에 역삼초 인근의 마트에 들렀다.

아침을 집에서 라면을 먹을까 어쩔까 하다 두 숟갈 남겨진 김치찌개를 비우느라고 라면 대신 그 찌개에 한술 뜨고 나와서 못 먹은 라면 대신 김치사발면 작은 거 사다 뒀다가 점심에 먹어볼까 그 마트에 들른 거다.

그런데… 울 동네 마트에서 9백 원 내외하는 그 사발면이 여기는 1,100원이다. 기분 나빴다. 말이 마트지 편의점보다 더 비싼 듯 느껴졌다. 그냥 돌아서 나오려다 쪼잔한 게 들킬까 봐 쪽팔렸다.

진열대를 살피다 흰 우유 500ml짜리 한 개 들고나왔다.

오는 길 중간에 있는 편의점 들러서 거기서 사 갖구 가자 하구 오다 까먹구 삼실 도착. 배낭 정리하다 보니 빠뜨린 게 생각나더라.

'담에 사 오지 머.' 하구 거울을 들여다봤다. 어제 하루 안 한 면도 탓에 수염이 숭숭 돋아났다.

더구나 반 이상은 쉰 듯 허옇다. 또 집에서 김치찌개를 밥 한술 넣어 말은 듯 비빈 듯, 올려놓은 숟갈에 김을 올려 먹었던 티가 입술에 확연하게 남겨져 있다.

거무턱턱 김 조각이 입가 양쪽 가장자리 두세 군데에 묻어 있다.

마스크조차 가리지 않아 그 모습 그대로 카운터에 섰을 내가 부끄러워진다.

샤워하며 싹싹 닦아냈다. 삼실에 올라와 거울 앞에서 확인해 보니 깔끔하다.

역쉬 씻은 후의 상쾌함은 묵혔다 씻는 게 개운함을 더 안겨주는 게 분명한 거다. ㅋㅋ

차량 재검사

2023. 02. 16.

업무 시작 전 낯선 전번으로 전화 온다. 우리 집 밑층이라며 샤시 공사 중인데 차 좀 빼달란다.

집으로 전화했다. 마눌이 출근한 직후 시간이라 집 전화를 안 받는다. 핸폰도 안 받는다. 아들한테 전화해도 그 또한 응답이 없다.

밤낮을 거꾸로 사는 놈들이 원망스럽다.

집 바로 옆에 있는 이사 올 때 중개했던 부동산에 비번 알려주고 대리시킬까 하다 한 시간 외출 달고 08:55에 삼실을 나섰다.

자철 플랫폼에 가자마자 자철이 정차 중이다. 이 시간에 첨 타는 거고 출입문 쪽에 사람들이 빼곡히 서 있어 가득 찬 줄 알았다.

몇 명 내리니 빈자리 천지다. 방배역에 하차, 가장 가까운 정류소 알림판에 마을버스가 2분 남은 거루 뜬다.

먼저 오는 블루 버스는 이 자리엔 안 서고 더 먼, 한 150m 떨어진 곳에 정차해서 가까운 곳서 환승할 수 있게 해주는 마을버스가 고맙다. 몇 정류소 지나 집에 도착해 보니 앞뒤로 공사(해체 작업)가 한창이다. 차를 빼서 죙일 딴 곳에 두기가 그래서 사무실로 향했다.

오다가 기왕 외출한 거 지난번 차량 정기검사서 불합격 나온 거 재검하러 가자 하고 갔다. 대기실에 가 기다리란다. 대기실에 드갔다.

검사 대기 행렬이 없어선지 전에 내 차 소음 보고 넌지시 웃으시던 그 아저씨가 안 보여서 어디 가셨을까 했는데, 대기실에 계시더라. 반갑게 인사 나누었다.

그러신다. 애들한테 그러신단다. 검사받으러 오시는 분들도 우리 손님이니 가급적 잘해드리라고 우리 애들한테 그리 주문한단다.
어…? 느낌이 이상하다.

"아… 사장님이셔요?"
그렇단다. 차림새나 얼굴 단정함이나 남루한 노동자 타입여서 전혀 짐작이 가지 않았다. 인수한 지 4년 가까이 된단다. 자기는 그렇게 잔소리 안 해도 직원들이 알아서 잘해준단다. 직원도 인수 당시 19명이었다가 지금 42명이란다.
하… 그러시군요.
그런데 정비의 정 자도 모른다믄서 어찌 정비 및 검사소를 인수하게 됐는지 혹 바지는 아닌 건지 의심마저 들었다. ㅋㅋ

금방 판정실로 오라는 방송이 나와 자리서 일어나자 불합격된 부분만 다시 봐 금방 된단다. 그러면서 안녕히 가시라 인사하셔서 인사 나누고 나왔다.

최근 해야 했던 숙제 두 가지 첫째 재산 등록, 둘째 차량 정기검사 모두 마쳐 홀가분하다. 휴~ ㅎ

천상의 밥상

2023. 02. 18.

어제 엄마 기일. 늘 큰형은 밤늦게 지내려 한다.

도착했다. 이미 작은형하구 큰형이 한 병을 다 비웠더라. 밥 한술 달래서 이틀간 참았던 알콜을 폭풍 흡입 시작했다. 아부지 대부터 알콜에 인자한 우리 가족은 만류하지 않는다.

"10시는 돼야… 지내지." 하는 큰형.
큰형수와 조카딸이 소근대더니 이내 준비에 돌입, 상을 펼치고 제기도 준비하고 하나하나 상차림에 드간다.

난 여전히 주린 배가 채워지지 않아 탁자에 남아 연신 들이켜 댔다. 말리는 자 없는데 유일한 사람 하나가 적당히 먹어대라 핀잔한다.

얼근히 취해간다. 상차림이 다 마무리돼 간다. 9시가 다 됐다. 상이 다 준비 되자 큰형님도 어쩔 수 없다는 듯 옷을 갈아입고 제사를 지내기 시작, 이웃에 사는 조카딸 부부와 그 손주들도 따라 절을 올린다.

마냥 장난치던 애들도 제사상 앞에서는 그런 장난치는 분위기가 아니라는 걸 감지했는지, 훨 점잖게 절을 올리더라.

끝났다. 마저 못 채운 부족분을 또 들이붓기 시작, 얼근한 채로 작은형 차로 대리시켜 집까지.

깨어보니 창밖이 훤하다. 7시를 넘기도록 늘어지게 잤나 부다.

마눌이 그런다. 눕자마자 디렁디렁 골더란다.

무슨 채비를 하더니 밥 먹으란다. 다 차려졌다. 차려진 밥 얼마 만이지 몰것 다. 어제 아들 생일이라 해놓은 백미 밥이 약간 꼬들하게 마른 듯, 입에서의 씹힘은 푹 퍼진 밥보다 훨씬 입맛을 자극하는 형국이다. 쩝쩝 소리가 절로 나 온다. 약간의 꼬들밥을 여느 때보다 더 씹어대니 입안이 감칠맛으로 가득 채 워지더라.

거기다 굴비구이 어제 해놓은 거 뚝뚝 떼서 발라 먹은 후 간간한 미역국으 로 마무리하니 천상의 밥상이 따로 없다.

그런데… 마주하고 먹던 마눌은 밥이 넘 되다고 맛없다 한다.

머가 맛없댜 그래… 참 내….

고향 친구

2023. 02. 21.

고향 친구 모친상으로 세종시 은하수공원에 간밤에 다녀왔소.

다른 친구들 일정보다 하루 먼저 서둘러 오는 통에 친구들 만난다는 기대는 하지 않았으나, 반가운 얼굴들이 하나하나.

"나 왔다 친구야…." 하는 듯 얼굴을 빼꼼이 내밀고 들어오더이다.

코로나로 못 보던 참 반가운 얼굴들이었소. 그저 보면 술잔부터 건네는 데…. 다들 차를 가져와서 술을 할 수 있는 친구는 셋에 불과하여 아쉬움도 많았지요.

세월의 흔적이 고이 담겨진 얼굴들을 마주하자니 나도 그도 모두 공평한 세월을 같이 나눠지고 살아와 함께 늙어가는 벗이라서 더 정감이 가더이다.

각자의 터전에서 묵묵히 살아오다 반갑게 맞이해 주는 친구들이 보배같이 느껴졌소.

고맙소, 고맙소.

다들 건강하오….

귀뜸

2023. 03. 06.

삼일절 날. 뒤늦게 운동 가서 몇 게임하고 마눌하고 중국 음식으로 외식하면서 연태 고량주 중자 250ml짜리 하나 깠다.

나와서 동네 한 바쿠 같이 천천히 돌다 집에 다다랐는데 마시던 술이 마시다 말아서 그런지 찝찝하던 차, 마눌 들여보내고 이리저리 전화해 봤다. 혹 파트너 걸릴까 하고….

아다리가 다 안 맞더라. 그래서 홀로 방배 카페골목 옆으로 지나치다 보니 포차가 하나 보인다.

드갔다. 한 팀은 입구 쪽에 자리하고 또 다른 한 팀은 제일 안쪽 높은 칸막이 너머서 아줌씨들 소리가 난다.

여사장한테 한잔하라고 던져봤다. 안쪽의 그 아줌씨들과 자리하던 그녀 그런다.

"아이, 맥주라도 세 병 사 주면서 한잔하자구 하든지…." 하며 핀잔한다. 왜 하필 세 병을 사 달라고 한 건지는 모르지만, 한두 병은 낯간지럽고, 술은 홀수로 먹는 거라는 속설에 따라 다섯 병을 사 달라는 건 부담 주는 거 같아 적정선인 세 병을 사 달라 한 것으로 여기고 "아라쪄여. 세 병 추가여~~~" 하구 합석했다.

126

함께 수다떨다 불러낸 동생이 도착, 5명이 마셔댔다.

그중 그나마 난 인물에 추근댔다. 다른 덴 몰것는데 입술은 매력적이더라. 앵두 같다고 농담 던지고 취기가 더 오르자 내 농담이 진해져 간다. 전번을 따려 했는데 동생이 위험 수위를 넘나드는 위기라 느껴졌는지 그만 가자 그러더라.

어젠 그 동생 녀석이 이수클럽에서 아침 운동하자구 며칠 전부터 채근한다. 새벽에 술이 깨지도 않은 채 구장에 갔다.

멤버들이 와 있다. 겜 붙인다. 수제비 내기하자는데, 술이 깨지도 않은 내게 내기하자는 건 나보고 사라는 얘기밖에 안 된다.

혼복 구성 두 겜이 모두 처절하게 깨졌다. 몽롱하다.

또 그 클럽에서 예전 해마지서 함께 운동하던 멤버 둘을 만나 짧게 안부 전해 주고받고 헤어져 나왔다. 식당으로 이동하는데 옆에 나란히 걷던 언니가 그런다. 내 잠바 왼쪽 가슴 쪽 주머니에 살짝 삐져나온 메모지가 뭐냐 한다.

이게 머지… 꺼내봤다. 반으로 접혀있던 그 메모지를 펼쳐봤다.

전화번호가 정자로 깔끔하게 적혀 있고 그 밑에 두 글자, "앵두"

엥?

삼일절 날 낯 모르는 포차에서 마주하던 그 여인이 나두 인지하지 못한 사이 전번을 넣어놨나 부다.

"아이고… 내가 봤기에 망정이지 집에서 집사람이 봤으면 어쩔 뻔 했다 그래…" 하며, 위기에 빠질 뻔한 나를 구해준 양 으스(?)댄다. ㅋㅋ

봄날 같은 달콤한 친절

2023. 03. 07.

앞자리 직원 녹즙 배달하는 풀무원 아줌마 발자국 소리가 나더니 녹즙 주머니 여닫는 소리가 난다.

찍찍 바스락바스락

늘 인사를 주고받았지만 오늘은 눈 떠 응대하기가 구찮다.

눈을 감은 채 쉬고 있는데 칸막이 너머로 나의 존재를 확인했는지 "안녕하세요~~~" 한다.

눈 떠 그 인사에 억지로(?) 아니, 힘겹게 화답하자 내 상태를 낌새로 알아차리곤 "아이고, 주무시는데 깨웠네요…." 미안하다는 투로 건네고 수고하라는 한마디와 함께 총총걸음으로 빠져나간다.

잠시 후 똑같은 그 발소리가 점점 가까이 또 난다.

어? 머지? 다시 등장한다.

깨워 죄송해서 ABC녹즙이라며 건강에 좋은 음료임을 자신하듯 자신감 있게 보랏빛 음료 하나 서비스해 준다.

미안하구 또 고마웠다. 한편 또 부끄러움이 일기도 한다. 쫀쫀한 사내로 비칠까 봐인지. ㅋㅋ

밝은 표정과 밝은 톤의 목소리가 인기척 없는 새벽 삼실 기운을 봄의 기운처럼 싱그럽게 해주고는 또 총총걸음으로 멀어져 간다.

　봄날의 향기 나는 좋은 기운이 그녀에게 함께해 주길~~~

식지 않는 식탐

2023. 03. 09.

　밥 먹구 늦은 출근했다. 마을버스는 한산해 이용할 만했는데 자철이 만땅이
다. 방배역을 이미 출발했어야 할 열차가 뜨지 않고 뜸을 들이다 문이 열린다.
　비집고 들어갈 틈이 안 보인다. 담 열차가 전 역에 있으니 전쟁은 피해 가야
지… 하고 이번 열차는 포기한 채 맨 앞 칸 쪽으로 이동하는데 문이 또 열린다.

　비집구 들어섰다. 어떤 한 사내의 팔꿈치가 내 몸 한쪽을 짓누르듯 느껴졌
다. 얼핏 살폈다. 40대로 보이는 키도 훌쩍 큰 건장한 사내다.
　'개새끼 좀 팔짱 좀 풀지… 심자랑하는 겨 머여….'
　속으로 궁시렁댔다.
　또 한편으로는 자철 내에서의 성추행이 만연하다 보니 그를 피하기 위한 한
방편일 수도 있겠다 싶었다.

　교대서 몇 명 내리더니 이어 또 댓 명 탄다. 입구 쪽 좌석 옆에 기대어 엉덩
이 높이의 손잡이에 왼손으로 지탱하고 섰는데….

한 언니가 거침없이 들어서며 내 왼손이 위치한 곳에 히프를 과감히 들이밀더라. 순간 아차 하면서 스치기 전 어깨높이의 손잡이로 얼른 잽싸게 옮겨 놓았다.

한 정거장 지나 강남역서 내리면서
'이 만원 자철 평상시 이용 안 하는 내 습관이 참 조은 것이여…'

삼실 도착. 어제 하루 묵혔던 몸을 싹 씻어내고 구내식당 샘플 식판을 보니 또 조아하는 호박 고추장찌개더라.
또 땡긴다. 밥을 먹구 뒤늦은 출근 후에 얼쿠름한 그 찌개의 유혹을 벗어나기가 불능이다. 에라이, 또 한 그릇 하지 머.

폰을 삼실에 두고 온 탓에 또 3층까지 갔다가 오더라도 한 그릇 해야것다 맘먹구 한 그릇 해주니 간밤의 숙취가 한층 덜어지는 듯한 아침이다.
조은 날~~~

당산역 포차

2023. 03. 10.

목동에 사는 친구가 당산역 포차를 안내하여 작년 여름에 4명이 갔었다.
간신히 자리 하나 나 거기에 자리 잡구 먹는데, 소주가 금방금방 비워내지니 주문도 잦았고 40대 중반으로 보였던 여사장님은 가게 밖 파라솔 자리까지 챙기느라 여력이 없어 보였다.

아니 되것다. 일손을 거들 수밖에. 내가 소주 창고에 제일 가깝게 앉아 있어 손수 가져다 먹기 시작.

양념 꼼장어 다 먹으니 소금 꼼장어로, 그게 떨어져 다른 메뉴로 바꿔 갈수록 모두 그 맛깔이 입을 흡족하게 해주더라. 주먹밥의 그 맛도 흡족만 했던 입안을 깔끔히 갈무리해 주었는데….

마지막 친구 한 놈이 계산할 때 두 손으로 내 손을 꼬옥 쥐면서 놓아주지 않던 그 기억이 또렷만 했었지.

함 가야지, 함 가야지 하면서도 기회가 닿지 않아 가보지 못했던 그곳에 어제 갔었다. 그것두 3차로 둘이서만.

여전히 정신없다. 차암 부산하다. 처음 소개해 줬던 그 친구 소금 꼼장어 주문한다. 소금이라면 양념이 아닌 순수 꼼장어의 그 맛을 고스란히 느껴볼 수 있는 맨 꼼장어겠지….

나온다. 1인분 13,000원에 두 마리, 도합 네 마리 중 두 마리 먼저 숯불에 올려진다.

충분히 익기 전 자르란다. 친구가 어설퍼 보이는 가위질로 듬성듬성 잘라놓는다. 크기가 제멋대로라 그 맛깔은 벨루처럼 여겨지더라.

먹으란다. 하나 잡아 씹었다.

이뤈!!! 션찮아 보이던 그 모습과는 천지 차이다. 쫄깃함과 신선함이 그 즙과 더불어 입안을 그냥 그냥 환장하게 한다.

황홀감, 바로 그런 맛이다. 마약 처먹는 놈들도 그 마약을 대신하고도 남을

법한 지상 최고의 맛!!!

　자리에 가까이 앉혀보려 권했다. 소개해 준 그 친구와 다정한 듯 그 뒤에 빈
자리에 앉아 몇 마디 나누다가 곧바루 주문 처리하느라 바쁘다.
　이 사람들 지들이 가서 꺼내 처먹을 것이지… 손이 없어 발이 읍써…. 부지
런히 주문 처리하고 또 잠시 앉아 있다 또 주문받고….

　마스크를 벗어보라 했다. 입술 아래쪽에 작은 피부 벗겨짐이 뻘겋게 자리
잡아 있더라.
　싱그럽게 젊어 보이기만 한 그 얼굴이 참 사랑스럽다.
　카드 수수료도 그녀에게 부담시키기 싫었다.
　계좌번호 받아 이체한 기록이 멀쩡하게 남아있다.

　담엔 1차로 들러 느긋이 자리해 보련다.

다짐

2023. 03. 12.

　어제 올만에 민턴 형님 둘과 자리했다. 식당 사장님이 나 먼저 혼자 도착하
자 반가이 맞아 주시면서 웰케 올만에 오셨냐 다정하게 물어와 주시더라.
　"그러게요. 왜 그랬는지 어찌어찌하다 보니 그렇게 됐나 봐여…."

혼자 오셨냐고. 아니 좀 기다릴 거라고 총 셋이라고….

잠시 후 56년생 형이 먼저 들어온다.

둘이 먼저 자리하자 사장님이 묻는다.

"회장님은 같이 안 다니셔여?"

"아녀여. 곧 오실 거여요."

이윽고 그 큰형님이 들어오신다. 수제비 비빔밥 하나 더 추가하여 소맥 말아 건배~~~

여전히 맥주잔에 소주를 반 이상 채운 후에 맥주를 1/3만 채우시는 참 독특한 제조법으로 말아 잡순다.

그러시면서 소주를 가득 붓고 맥주를 한 방울만 떨어뜨려도 소주가 달콤해진다고 그리 말씀하신다. 우리 둘은 수긍하기 어려운 말씀을 쉬이 던지시더라. 혀가 절로 끌끌 차진다.

38년생이시니 올 86세이시다. 그러더니 이내 전화하신다. 몸 잘 챙기고 벌떡 일어나라고 누군가를 달래주시더라.

누구지…? 전화 끊자 물었다. 예전 민턴 초짜 때 함께 어울려 놀던 그 형님과 비슷한 또래의 다른 형님이시란다.

"근데 왜요… 어디 아프셔요…?"

간암 4기 말기란다. 그 형님보다 한 살 많단다. 그러니까 37년생이신 거다. 한번 방문하시겠단다. 어떻게 다녀오시게여….

케텍스나 고속버스로 다녀오믄 되지 머 하신다.

초짜 시절 가장 먼저 상대한 분들이 할머니 할아버지들이시다. 할머니들은 구장에서 연습 상대이자 겜 상대로 상대하곤 했는데 할머니들을 이기는 데만 6개월 꼬박 걸렸었다.

글구 할아버지들은 2~3년간 민턴에 적응하는 데 상당한 도움을 주신 분들이다.

운동 후엔 저녁을 함께하면서 소맥하다 소주까지 나누며 여러 인생사를 나누던 이웃사촌 격 형님들인데… 초창기 낯선 구장에 적응토록 도움을 주시더니 집안 사정이 있었는지 탈퇴하고 한동안 못 뵌 그 형님.

시한을 다투고 있을 그 형님을 옛 전우들을 모시고 내 하루 휴가 내어 다녀와야겠다. 부부 사이가 워낙 냉랭하여 대전에 사는 여동생이 모시고 있단다.

차 갖고 함 다녀와야겠다.

술꾼 남편

2023. 03. 17.

마눌이 그런다.

점심때마다 종로구청 부근에 근무하니 조계사 가서 기도한단다.

무슨 기도냐 물었다. 그리고 내가 그랬다.

"애들 건강하게 잘 살라고?"

그렇다고 한다. 또 내가 그랬다.

"애들만 기도하지 말어. 마눌도 건강하게 잘 살게 해달라 햐."

또 덧붙였다.

"글구 엄마두 건강하게 사시다 가시게 해달라구. 얼마 남지 않은 삶인데….."

"당근 그래야지….." 하더니 또 덧붙인다.

"자기두 얼마 안 남었어 왜 그래? 자기는 아직 많이 남은 줄 알어?"

정신 차리란 얘기다.

내가 힘든데...

2023. 03. 19.

마눌이 늦도록 자다 짐 인났다.

실내화를 신고는,

"자기 술 먹구 늦게 들어와서 내가 힘든 거 알어?" 한다.

잠이 덜 깬 눈을 제대로 뜨지도 못하고 찡그리면서

'아니 술은 내가 먹었는디 마눌이 왜 심들댜 참내….'

중독

2023. 03. 19.

마눌이 절에 가자며 거울 보며 단장하더니 자기가 한심하단다.
테레비를 없애버려야 될 거 같단다.
테레비에 빠져서 암것두 못해 한심스럽단다.
난 테레비에 빠져 한심스러운데 자기는 술에 빠져 더 한심스럽다고.

주정뱅이

2023. 03. 26.

얼굴 까구 손등 까구 배낭까지 분실한 채 뒹굴거리는 신랑이 한심스럽지 않는지… 밥 챙기고 빨래하고 이것저것 살림하면서 심심치 않게 재잘거려 주며 아이스크림 먹으라고 안 먹는다고~
커피 마시라고 알았다고~

환갑 지난 자의 지랄 같은 술버릇에 지치지도 않는지… .
슬프도록 고맙구 미안하다… .

돼지 한 마리 망년회

2023. 03. 30.

때는 바야흐로 1995. 12. 31. 16시경.

조치원 시내에서 목공소 하는 친구네서 둘이 다방 커피 시켜놓고 노닥거리고 있었지.

목공소로 전화가 왔어. 아니 용희야 돼지 한 마리 잡자네. 전화 받은 그 친구가 그런다. 내가 받아봤다.

뭐시라… 돼지 잡아서 망년회 하자고라….

어려서 동네 우물에서 아자씨들이 돼지나 개 잡아 분해하는 건 봐 왔지만, 우리가 손수 해보자구라….

순간 약간의 두려움과 설렘이 묘하게 범벅이 되더라. 당시 백수이던 내겐 쌓여 온 스트레스를 한꺼번에 날릴 수 있는 찬스처럼 여겨지기도 했었다.

그래!!! 좋다!!!

하자!!! 까이꺼~

그 친구 오토바이로 목공소 문 닫구 동네로 이동 도킹해서 화물차 잡아타고 돼지농장으로 고고~~~

돼지농장이 있는 마을 찾아 한두 군데 들러보니 쥔장이 없다. 한해의 끄트머리 날 또 해거름이니 가족들 외식 갔나 했다.

또 한 군데 들렀다. 있다. 당시 돼지는 100kg 살짝 넘는 것이 제일 맛있다는 썰을 들어, 100kg 남짓 되는 한 마리 사 짐 칸에 실었다. 동네 친구네 집에 도착하자 마당 한옆에 가마솥을 걸어놓고 친구 엄마는 물을 펄펄 끓여놓고 계셨다.

봐왔던 방식 그대로 실천. 한쪽 옆에 모닥불 피워놓고 다 달라들어 털 벗기고 가르고 잘라내고…. 부분부분 듬성듬성 잘라내어 장작불에 올려 구어 한 잔 두 잔… 분위기는 무르익어 가고….

한겨울 초저녁 동네 한가운데 앞마당서 벌어지는 흥겨운 잔치마당을 본 동네 아저씨들은 하나같이 들여다보더라.
"한잔 하셔유~"
"그려 한 잔 줘봐."
"햐…."
"이보게들 고기 좀 내게 좀 팔게나."
"그러셔유."

동네 아저씨 몇 분들에게 판 값은 바로 앞 구멍가게에서 술로 바꿔 먹어가며 밤이 깊어져 갔다. 추워진다. 그대로 둔 채 방으로 자리를 옮겼다. 한쪽선 고스톱판. 그 옆은 술판.
친구 동생이 익은 김치와 그날 잡은 돼지고기를 한 판에 올려 굽기 시작하더라. 돼지의 느끼함이 김치의 칼칼함에 싹 잡아먹히면서 무한 흡입.

새벽에 잠이 들고 깨어보니 오전 11시쯤. 마당에 나가보니 해체된 돼지가 꽁꽁 얼어붙어 있고…. 최초 참여한 인원수대로 적당한 양으로 N분 하여 손에 쥔 각자의 몫만 몇 kg씩.

고개 넘어 집에 들어서자 아부지 그러신다.

"야, 이노마. 니들 돼지 잡는다고 얘기 들어서 엊저녁 가져오나 하구 눈 빠지게 지둘렀는디…."

아쉬움 허탈함을 말씀하시더라.

"그래서 갖구 왔슈, 아부지."

마실 가셨던 엄마가 오시더니 내가 가져온 돼지고기로 김치찌개를 후딱 만들어 내어 주셨다.

엊저녁 갓 잡은 고기로 끓여낸 김치찌개. 그 고기나 그 국물의 칼칼 담백함은 지금 어디서도 찾아볼 수 없는 꿈속에서나 만날 수 있는 그런 맛이 되부렀다.

어? 우리 딸?

2023. 04. 02.

4시 반에 눈 뜨고 뒤척거리다 누군가의 인기척이 거실 쪽에서 나는데 딸램이가 출근 준비하나 부다. 주말에만 강남 역삼역 인근의 편의점에 나간단다. 그러니까 주 2일 근무인 거다. ㅋㅋ

엊저녁 겜도 안 한 채 티비만 보더니 초저녁에 제 방으로 들어가더니 일찍 잤나 보다. 그나마 다행으로 여길란다.

5시 반 지나자 동이 트는가 보다. 창밖이 엷게 밝아오는 느낌이다. 양치하구 주방에 가봤다. 냉이된장국이 조리대 위에 그냥 올려져 있더라. 금욜 저녁 퇴근 후 내가 해놓은 거라 쉬지 않았나 염려되어 코를 대보니 아직 쉬진 않았다.

바로 불 켜 한번 끓여줬다. 다른 일을 보는데 금방도 끓는다. 껐다. 남아 있는 열기로 계속 끓는다.

내려놓고 계란찜을 안쳤다. 대중소의 중에다 냉이국을 끓여 놓은 후라 열기가 고스란히 남아있는 중 크기의 조리대에 소 자가 딱 맞는 계란찜 냄비를 중 자 위에 올려놓고 가열하니, 남는 열선이 뻘겋게 달아올라 아까웠다.

잠시 머뭇대다 어제 장 봐온 콩나물 무쳐 놓자 하구 얄고 넓은 냄비를 꺼내 거기에 안쳐 놓구 계란찜은 소 자 조리대에 옮겨 조리하기 시작했다. 콩나물이 끓자마자 양념 마무리하구 조리대에서 열기 없는 부뚜막으로 옮겨놓았다. 계란찜은 이미 부풀어 오르긴 했지만, 간혹 충분히 끓여내지 않으면 속이 덜 익기도 하여 좀 더 끓이다 전원을 껐다.

그러는 사이 거실 쪽에서 간혹 화장실에 드나드는 건지 인기척이 나더라. 다 해놓고 들어와 또 누워 쉬었다. 이상하게 눈만 뜨면 배고프던 게 오늘은 안 그렇다.
'왜 그렇지….'
'어제 돼지갈비 몇 쪽 먹어서 든든한 탓인가….'
그러다 6시 반경 일어나 밥 한술 떴다.

렌틸콩 잡곡밥 3분의 1공기에 엊저녁 마눌이 해놓은 카레 몇 숟갈 덜어 넣구 이것저것 반찬 삼아 먹어댔다. 늘 그렇듯 아쉽지만 숟갈 그만 내려놓구 동

140

네 한 바쿠 돌려 채비하구 나서는데 딸램이 운동화가 현관에 그대로 있다.

얘가 아직 안 갔나… 방을 두드렸다.
안에 있다. 바루 문 열린다.
아니…. 얘가 누구래… 순간 또 놀랐다.
한껏 치장한 기운에 밖에서 보면 내 딸인지 몰라보겠더라.

한마디 던졌다.
"와~ 우리 딸 참 예쁘네~"
대꾸가 없이 현관 열고 나서더니 뭐라 한다. 평상시의 그 퉁명스러운 대꾸 톤이 아니다. 아주 부드러운 상냥한 아가씨의 말투다.
"현관문 닫아 말아?"
"어, 놔둬. 아빠두 짐 나가는 겨…."

노년의 장순이

2023. 04. 17.

진돗개 백구 한 마리를 처외삼촌이 십여 년 전 입양해서 장모가 계신 정원 딸린 절에서 키워왔다. 아주 어려서는 실내에서, 다 큰 다음부턴 실외서.
그 주인인 농심을 다니던 처외삼촌이 일주일에 한 번 절에 들러 씻기고 맛 난 거 사주고 병원 델구 다니고 했던 장순이.

내가 들르면 꼭 한 번씩 산책을 시켜주니 나까지도 반갑다고 펄쩍펄쩍 뛰어오르던 장순이. 펄쩍 뛰어오르면 내 키만큼이나 뛰어오르던 그 건장하기만 하던 장순이가 어느 때부턴 사람을 잘 몰라보더라.

내가 우리로 다가가면 눈이 안 좋아 긴장을 하면서 몸을 낮춰 공격 방어 자세까지 취했었다. 덩치가 산만 한 놈이 그렇게 자세 취하니 나 또한 긴장이 은근슬쩍 들기도 했었다. 그러다 더 다가가 이름을 불러줘야 사람을 알아보고 긴장을 풀고 꼬리치던 장순이였다.

그러더니 어느 순간부터는 소리도 잘 못 듣더라. 다가가면 후각으로 또 사람을 알아보곤 하던 장순이가 생명줄이 다됐나 보다. 어제 그 절에 들렀다. 장순이가 사람들이 오가는 모습을 쳐다보곤 하던 우리 한편에 앉아있더라.

우리 앞으로 다가갔다. 나를 인지한 건지 안 한 건지 앉은 자세에서 일어서려 하다 뒷다리를 가누지 못한 채 도로 주저앉더라.
놀랐다. 안타까웠다. 그런 모습 더 지켜보기 안쓰러워 뒤로한 채 집 안으로 들어갔다. 장모님이 그러신다. 처외삼촌이 다녀갔다고. 장순이를 보듬어 살펴주다가 갔다고. 집안에서 창밖으로 떨어져 있는 장순이를 살펴봤다.

조심스레 한 발 한 발 옮기는 모습이 보인다. 자기 몸조차 가누지 못하는 안타까움을 지켜봐야만 하는 장모님도 불편할 듯하여 안락사시키는 게 어떠냐 묻자 그 주인은 안 시킨다고 그랬단다.

본인은 일주일에 한 번 와서 지켜주고 보살펴 주지만, 함께 사는 장모님은 늘 함께하니 마음이 더 불편할 듯 생각이 들기도 한다.

십여 년간 아주 건강하고 씩씩하게 장모님 곁을 지켜줘 왔던 장순이. 사람이야 연명치료를 사전 거부 동의할 수도 있지만 개의 마음을 알 수는 없으니, 힘겹게 버팅기는 모습을 그대로 두고 보는 게 옳은 건지는 잘 모르겠다….

기가 막힌 우연

2023. 04. 21.

안양에 있는 동물병원에 가 마눌이 햇님 진료하는 동안 그 주위를 돌아봤다. 골목 안쪽으로 쭉 드가봤더니 관양시장이 나오더라.

대충 둘러보고 도로 나와 보니 동물병원 공원 앞에 다방이 하나 보이더라. 돌다방이라는 이름 밑에 휴게음식점이라 붙어있다. 휴게음식점….

궁금했다. 다방에서도 음식을 파는가 부다 하고 드가봤다. 홀이 널찍하다.

쥔 할머니가 반긴다.

"아이구, 웰케 올만에 오셨대유 그래." 한다.

"첨인디유…?"

"무슨 말이래유 많이 본 얼굴이구먼…."

"지가유, 인상이 그런 게뷰. 첨 보는 사람들도 늘 본 사람 같데유."

"인상이 조아 그런 겐가…." 하신다.

물었다. "음식은 머가 있데유?"

"음식은 읎슈. 걍 커피나 마시는 디유."

"아니, 라면 같은 것두 없나유?"

"라면 한 개 끓여 드릴까유?"

"그류 한 개 끓여줘 봐여."

금방 뚝딱 내오신다.

쟁반을 탁자에 내려놓으며 "소주 한잔 드릴까유?"

"아뉴 됐슈. 운전해야 되어."

먹다 보니 말투가 꼭 울 고향 동네 아줌니 같다.

"고향이 어디시래여…."

"천안유. 천안삼거리 지나 삼성리유." 한다.

아니, 거기 울 처갓집 동녠디유? 장인 이름 처삼촌 이름 처남 이름 줄줄 나온다. 그러면서 사촌 오빠가 조합장 오래 하다 돌아가셨다 한다. 듣고 보니 처당고모다.

처갓집 큰일 있을 때 늘 나와 술친구처럼 마주 앉아 대작하던 그 당숙 근황까지 다 아신다. 현금이 없어 계좌로 송금해 드리고 그랬다.

"담에 올 때 제가 족발 하나 싸 가지고 올게요. 그때 한잔 나눠여~" 하구 나왔다.

참… 인연은 그렇게 멀고도 가까운 게 인연인가 부다.

한번 찾아뵈어야겠다.

건망증

출근하다가 전화 받았다. 마눌이다. 어? 왠 전화지…?
어디냔다. 출근 중이라고.
어디쯤이냔다. 그걸 왜 묻지… 하며 답했다.
대법원을 버스로 지나고 있었다.

"병원 가기로 했자나. 빨 와욧!!!" 한다.
"아, 참!!! 아라쪄여…."

술이 안 깨서 운전은 못 한다 했다. 단장하면서 그런다.
"진짜 너무하는 거 아녀요. 며칠 전부터 내내 얘기했건만…."
한 번만 기억나지 내내 들은 기억은 읍다.

혼남

사무실 도착. 잠시 숨 고르는데 마눌이 전화하더라.

출근 직후 마눌 전화는 늘 긴장된다. 무슨 용건이지…?

받았다.
"아니, 김치찌개를 다 싸가면 어떻해욧!!!"
뭘 다 싸가…. 아들 먹구 나 먹구 조금 싸 온 건디….

"남들은 생각 전혀 안 햇!!! 나두 요즘 찌개 싸 가 먹는데…."
"또 햐. 또 하믄 될 껄 왤케 혼낸댜 그래…."

말타기

2023. 04. 26.

예전 영등포 근무 시절. 여직원이 간식거리를 사 왔다. 먹다가 말타기 놀이 이야기가 나왔다.

다들 말타기라 그러더라. 내가 그랬지. 울 동네선 말타기라 안 했어. 그랬더니 다들 묻는 거야.

뭐라 했는데. 뭐라 했냐고요~~~

혼자 나오는 웃음을 억지로 참구 얘기하려다 극구 함구했지. 다들 드럽게 궁금해하는 거야. 아가씨두 있구 헌데 어찌 말할 수 있겠어… 궁금해하는 걸 뒤로하구 내 자리에 와 앉아 일하다가 그 맏언니에게 예전 쓰던 빨통으로 알

146

려줬지.

○박기라 했다고. "성희롱 아니지?" 했더니 이 아줌마 혼자 자기 자리서 키득 키득 낄낄낄낄 ㅋㅋㅋ

깨달음

2023. 04. 26.

일주일 이상을 매일 푸구 늦게 귀가하다가 오늘 일찍 들어와 시장두 보고 주방일 좀 하구 있었다. 마눌이 드왔다.

주방에서 일하는 나를 보더니 행복하단다. 신랑이 술두 안 먹구 일찍 드와 살림하구 있다구 엄청 흡족한 게비다.

역시나 살림은 이따금씩만 하는 것이 더 큰 행복을 안겨주는 건가 부다. 앞으로도 가끔씩만 해야 할까 부다.

새벽 주방일

2023. 04. 27.

새벽에 세 시간을 주방일 봤네. 우거지 된장국을 마무리하려는데 빻아 놓은 마늘이 없네. 그때 시간 새벽 4시경.

시간 넉넉하니 배낭 메구 나섰다. 근처의 마트가 24시간 열려있어 넘 편하다.

몇 가지 챙겨 넣구 와 약 20분간 마늘 빻기. 절구통이 작아 빻은 마늘이 가장자리루 밀려 올라와 넘치고, 또 으깨지지 않구 삐져나와 멀찌감치 튀어 나간 거 몇 개.

늘 주워 담아가며 빻다가 오늘은 넘치면 넘치는 대로 튀어 나가면 튀어 나가는 대로 내비둔 채 빻고 나서 유리병에 빻은 마늘 옮겨 놓고 튀어 나간 거 주워 담아 마무리.

된장국도 마무리하고 조기 새끼도 오븐에 궈 놓구 콩나물도 무쳐 놓구 어젯밤에 마눌이 삶아 놓은 돼지 수육도 좀 잘게 썰어 사각 유리그릇에 예쁘게 담아 놓구….

설거지까지 모조리 마친 다음 몇 가지 도시락용 챙겨 놓으니 6시 50분경. 마눌 깨워 놓구 나섰다. 좀 느긋이 도보 출근.

낼이면 고교 친구들과 환갑 파뤼하러 가는 전날이라 그런지 맘만은 봄 나비처럼 가벼웁다.

식탁 이야기

2023. 04. 28.

어제 집에 걸어 퇴근해 들어서니 7시쯤 됐던 거 같다. 거실 소파서 누워 폰을 들여다보고 있던 딸램이. 내가 들어서자 일어나 자기 방에 드간다.

어제 출근 전 갖가지 채비해 놓고 애들 먹으라고 식탁에 두고 온 것 중 퇴근해 가보니 된장국도 돼지 수육도 별루 줄어들지가 않은 채 남아 있다.

죙일 뭘 먹고들 사나…. 하는 생각이 들며 이 자식들 집밥은 안 먹구 나가 지들 먹고 싶은 것들 사 먹구 사는 겐가… 싶어 가슴이 쓰렸다. 발버둥 치며 열심히 살고 있는 지 애미의 그 고생은 염두에 두지 않는 거 같아 부아가 치밀었으나 내색 않구 꾹 참았다.

아들이 먼저 드온다. 부산하게 자기 방과 화장실과 주방을 오가며 물을 연신 마셔대다가 자기 방으로 들어가더니 이내 잠잠하다.
마눌이 드온다. 늘 그렇듯 햇님 없음 못 살 거 같은 마눌이다.
한 5분여를 걔하구 대화하구 쓰다듬고 열심이더니 씻구 저녁 먹을 준비한다.

식탁에 남겨진 아침의 그 음식들이 별루 줄어들지 않은 모양을 보더니 왜들 안 먹었지… 혼잣말하듯 떠든다.
장 봐온 상추를 씻어 채반에 넣구 밥 먹으라고 식탁에 올려놨다.

어느 세무공무원의 세상 사는 이야기   **149**

그제서야 두 방서 각자 나오더라. 밥들을 먹은 줄 알았는데 안 먹었나 부다. 둘 다.

마눌이 세 식구 수저를 챙기자 다들 자리하더라. 마늘을 준비 안 해서 적당한 크기로 잘라 같이 먹으라구 내놓았다. 아들이 그런다.

"엄마, 계란말이는?"

"아빠가 해 놓은 거 다 먹었네 비네." 마눌이 답한다.

셋이 본격적으로 먹기 시작해서 난 방에 들어가 쉬다 나와보니 그 많던 수육을 거덜 내더라. 하….

집밥 무시하고 지들 먹고 싶은 거 사 먹구만 다니는 걸루 오해했는데 그게 아니었던 게다.

오늘 새벽에 계란 6개를 풀어 계란말이를 해 놓고 나왔었다.

어제 저녁 먹으면서 간절한 듯 애들이 찾았던 그 계란말이를 예쁘게 만들어서 유리 그릇에 깔끔하게 담아 놓고 출근했다.

간을 새우젓으로 하다 보니 새우를 잘게 갈으면 좋을 텐데, 그냥 넣어 해서 간이 쏠릴 수도 있을 거 같은 생각도 드는데 하나 먹어보니 그런 대루 반찬으로 더 없을 듯해 이 정도면 돼지 머 하구 나온 것이다.

맛나게들 먹기를… 이 마음이 애비 마음일세 그려…. ㅋㅋㅋ

알콜 중독자

오늘 새벽에 늦게 깼다. 아마도 7시는 안 된 즈음 같았다. 마눌두 뒤척이면서 깼다. 자기가 알콜 중독자하구 산단다.

아부지 오빠의 주정에 실쯩이 날때로 난 마눌은 절대 술꾼과는 결혼 안 할거라고 다짐을 해오곤 했단다.

처 이모가 그게 맘대루 안 되는 게 인생이라고, 너 그러다가 더 주정뱅이 만나게 될는지도 모른다구 했었단다.

오늘 아침 복창하라구 얘기하더라.

"나는 알콜 중독자다. 정신 차리자."로 선창한다.

마눌 선창 따라서 나두 한두 번 읊어댔다.

근데 따라 하다 웃겨서 더는 못 하겠더라. 개그 하는 건지 주의 주는 건지 나두 모르것다.

퇴근해 집에 드갔는데 딸램이만 책상 앞에 앉아있는 채 조용하다.

어…? 머지…. 집안 어딘가 횡한 느낌. 주방으로 가도 안방으로 가도 졸졸졸 쫓아다니던 햇님이가 안 보인다. 얘가 어디 갔지…? 산책 갔나…?

아하… 그제야 생각났다. 수술하러 드간다고 했었다. 마눌이 아침에 병원에 데려다주고 출근한다고 했었다.

낯선 환경에 놓이기만 하면 사시나무 떨듯 덜덜덜 떨던 햇님이. 병원에 혼자 남겨진 채로 수술대에 놓여져 견뎌야만 하는 그 약하기만 한 녀석의 힘겨움을 생각하자니 마음이 짠해 온다.

나갔다 들어오면 늘 달려들어 안아달라구 조르던 햇님이….

쓸데없이 짖어대두, 또 걸리적거리게 쫓아다녀두 다 귀찮은 짜증 나는 일로만 여겼었는데 그게 아닌 거다. 마눌이 들어와 햇님이 수술 잘 마쳤다는 얘기를 전하며 자식새끼 걱정하듯 그렇게 걱정한다.

다 부대끼며 아옹다옹 살아도 한 울타리 집안서 그렇게 볶아대구 부대끼는 게 같은 식구로서의 정을 쌓아가는 길인게비다.

예쁜 미소

2023. 05. 04.

화장실 다녀오러 나섰다. 옆과 문이 열린다. 아는 여반장이 양치하려 나오는 거다.

반가이 눈인사 나누며 짧게 물었다.

"점심 뭐 잡쉈댜…."

"짬뽕여."

"하… 나두 짬뽕 땡겼는디 같이 가지 그랬엉~"

터져 나오는 웃음이 파안대소 급이다. 참 예쁘다.

넋두리

2023. 05. 04.

어제 퇴근 직후부터 술 먹구 있는데 마눌이 전화 오더라.

"어디예요?"

"삼실 주변이지 어디랴…."

"또 술 먹을라구 그러는 거예요?"

"아니 이미 먹구 있어."

그냥 끊는다.

수작질
2023. 05. 08.

친구 어머니가 돌아가셨다. 한 친구가 다행히 고맙게도 사당으로 차 가지고 온단다. 엄청 고맙다.

쌩쌩 잘두 내뺀다. 거침없는 속도에 속이 뻥~ 뚫리듯 시원하다.

가는 내내 희희닥거리다 보니 장례식장이다.

조문을 전통 방식이 아닌 목례로 대신하란다. 넘 편하다. 참 고마운 친구가 아닐 수 없다. ㅎ

친구 아들이 안내해 준 자리에 앉았다. 시금치 우렁 된장국이다. 엄청 맛나다. 밥 한술 말아 후루룩 먹었더니 금방 동난다.

한 그릇 추가요~~~

한 잔 먹구 막 퍼먹구 한 잔 먹구 막 퍼먹구. 참 우렁두 많이두 들어있다. 예전엔 우렁 삶아 고추장만 찍어 먹어두 훌륭한 안줏감이었지…. 두 그릇이 동나구 또 주문했다. 서슴없이 갖다주신다. 세 그릇째 우렁 된장국을 비워내자 그제서야 허기가 다 채워지는 기분이다.

내 주특기, 또 찝쩍대기 시작했다.

아니 시금치 우렁 된장국을 이렇게 맛나게 끓여줘 몇 그릇째 먹게 해 날 돼지루 만드시냐 능청맞게 말을 건네며 포개진 빈 그릇 다섯 개를 보여주자, 이번엔 보통 내주는 양의 두 배는 되게 우렁을 중심으로 잔뜩 퍼다 준다. 다시 가더니 소주를 두 병이나 가져다주시더라.

"아니 이렇게 무자비하게… 같이 먹어 주든가." 하구 농을 건넸더니, "아니 여기까지 와서 이런 데서두(장례식장) 수작질이냥!!!"

누군가가 나무라더라.

주위에 앉아 있던 친구들마저 다 혀를 내두르더라. ㅋㅋㅋ

한낮의 햇살

2023. 05. 10.

밥 먹구 났더니 김포 친구가 점심 먹자구 해서 산책두 못 한 채 전주집에 가 막걸리 한잔했네.

역시, 한잔하구 나왔더니 햇살의 감촉이 이쁜 여인네 피부 같어… 야들야들
한, 꼬집으면 톡 터질 게 아닌 뚝 떨어져 나갈 것만 같은….

마눌 잔소리

2023. 05. 12.

난 안방에 있는 화장실을 이용한다. 주로 양치질이다.

거실 화장실을 쓰다 보면 애들이 먼저 차지하고 있을 때가 종종 있어서 기
다렸다 하는 게 불편해서 아예 칫솔과 면도기 등을 안방 화장실에 비치해 놓
고 이용하는 거다.

어제 일찍 드갔다. 연속 거듭한 과음으로 아무것도 하기 싫다. 빈 도시락 용
기만 꺼내놓고 소파에 앉아 TV를 보는데 마눌이 또 잔소리다. 안방 화장실을
왤케 지저분하게 쓰느냐. 군데군데 곰팡이가 슬고 또 양치는 왜 세면대서
않구 욕조서 하느냐 다그친다.

여기저기 양치의 흔적이 욕조는 물론이구 그 위 벽면까지 튀어 있다구 청소
좀 하란다.

아무리 하라 해도 난 청소는 진짜 하기 싫다. 그런다고 해서 내가 청소를 안할 걸 뻔히 아는 마눌이 화장실을 거실 화장실 이용하란다. 자기는 화장실 두개 모두 청소하는 게 넘 힘들다며 그런다.

알써 누나 청소하께. 일시적 집중포화를 모면하기 위한 방책으로 그랬다. 믿을지 안 믿을지는 몰것다.

처 당고모와의 만남

2023. 05. 13.

술이 안 깼는데 햇님이 델러 가잔다. 난 운전 불가다 공언했다.

주차장에서 빼만 달란다. 비좁은 공간 겨우 빠져나와 골목에 세웠다. 올만에 운전대를 잡은 마눌. 룸미러, 백미러, 의자 등을 조정하더니 묻는다.

"페달 어뜬 게 브레이크죠?"

조수석에서 운전석 발밑을 살펴보는데 나두 헷갈린다.

가만… 오른쪽이 악셀이니 그게 브레이크지…. 말은 해 놓고도 긴가민가… 가만 운전할 때를 연상하니 맞다 그게.

남태령 넘어가다가 그 돌다방 당고모 뵙구 와야지 했다. 농협 들러봐 10만 원만 찾게 했더니 자기가 10만 원 찾아놨단다. 드리고 올라고 봉투에 넣어서

준비했단다. 역시 도리를 아는 마눌 맞다. ㅋㅋ

동물병원 앞이 차들이 만 원이라 빈 공간에 겨우겨우 주차해 놓고 마눌은 햇님 델러 병원에 드가고 난 골목 안쪽 관양시장에 가서 삼겹살 두 근, 소고기 국거리 한 근 사구 병원에 와보니 햇님이 단도리하느냐고 기다리더라. 그럼 그사이 다녀오자 했는데 먼저 가 있으란다. 가서 술은 먹지 말라고 당부두 남긴다.

알써 빨 와. 나 먼저 그 돌다방에 드갔다.
보자마자 인사드리고 숙자 신랑이라고 그랬다. 강아지 델러 왔다고 전하구.
"그럼 오라구 하지?"
자연스레 말씀을 놓으신다.
"올규." 했다.

잠시 약 10분이 흘렀을까. 주방을 오가시면서 입구 쪽을 자주 두리번거리시면서 거울도 자주 들여다보신다.
올만에 만나는 조카를 맞이하기 전 용모를 살피시는 거 같아 보였다. 올만에 만나니 또 예의를 다하시는 것으로 비춰졌다.
연세는 들었어도 여자의 본질은 변하지 않음이 느껴졌다.

드뎌 마눌이 드왔다. 둘은 반가이 인사 나누고 그간 지내왔던 이야기 등을 주고받은 다음 당고모가 끓여 내주신 라면 먹구 난 고기 건네구 마눌은 봉투 건네드리고 나왔다.

내가 운전하려다 혹시 몰라 귀갓길도 마눌에게 맡기고 오는데 자랑한다. 닷새 더 병원에서 관리해 주었는데 돈을 추가로 안 받더란다. 수술이 끝나고 데리러 가기로 한 날 마눌이 퇴근도 늦구 해서 일주일 더 병원에 맡기기로 했는데….

대체 수술비로 얼마를 줬길래 추가 비용을 안 받었다 그래…. 애완견 수술 비용이 장난이 아니어 그 비용을 알게 되면 부부관계가 원만하지 않을 것임을 익히 전해 들은 바 있어 혼잣말로 떠들구 난 다음 더는 묻지 않았다.

준비된 밥상

2023. 05. 15.

새벽에 들어와 그냥 자려다 몸이 어제 운동하구 막바루 푸다와 씻지 않은 탓에 끈적거려 안 씻을 수 없었다.

씻구 네 시간 잤나 부다. 깨보니 7시 반이 넘었다. 주방에 있는 마눌을 향해 던져났다.
"김치찌개 다 먹지마~~~"

왠지 김치찌개가 엄청 땡긴다. 양치하구 주방에 가니 도자기 그릇에 밥 한 그릇 김치찌개가 통째로 냄비에 담겨있다. 숟갈 젓가락이 나란히 가지런히 놓여져 있구 말이다. 늘 혼자 챙겨 먹다가 마눌 밥상을 받아 드니 또 기분이 색다르다.

역시 5월은 푸르구나다. 참 조은 계절 맞다. ㅎㅎ

참 좋은 친구

2023. 05. 17.

아들뻘인 수습 세무사가 발목 인대를 다쳐서 2주간 집에서 요양하다 첫 출근한 지난 월욜. 반갑게 톡이 오더라.

[팀장님 저 출근했습니다. 삼겹살 언제 먹을까요?]
[니 편한 날]
[오늘 할까요? ㅋㅋ]

전주집으로 향했다. 한 병 두 병 세 병….
빈 병이 수북하게 옆 테이블에 쌓여 간다.

8시, 9시, 10시를 지나 11시를 넘겼다. 둘이 마시는데 뭔 할 얘기들이 많았던지 시간 가는 줄 몰랐다. 넘 늦어지는 거 같아 내가 계산하고 나서기 전 이 친구 그런다.
장인어른!! 시간도 늦었으니 택시 타구 댁으로 모셔 드리고 따님한테 인사 건네구 가겠습니다. ㅋㅋㅋ
나 괘안으니 자철루 갈겨 하구 왔었다.

젊은 친구하구 자리를 하니 나두 조심하게 되선지 멀쩡하게 집으로 온 전 과정이 또렷하게 남아 있다.
참 조은 친구다. ㅎㅎ

160

경고

2023. 05. 18.

마눌한테 사진이 하나 전송되어 왔다. 열어봤다.

어제 술 먹구 드가 술에 취한 채 웃통 벗구 입은 딱 벌린 채 자는 내 사진이다. 술 먹고는 늘 이런 자세로 자는 모습 보고 정신 차리라는 경고로 보인다.

내가 보기에도 내 모습이 마땅찮다. ㅠㅠ

오월의 하순 출근길

2023. 05. 23.

새벽 4:16 기상. 양치부터 구석구석.
치간 틈새 속 치석이 자리 잡을 틈 없게 싹싹싹.

어젯밤 마눌이 안쳐놓은 쌀에 서리태 한 주먹 씻어 얹구 잡곡 취사 개시 꾹~
조기 새끼 냉동실에 있는 거 한 꺼풀 떼어내 찬물에 담가놓고, 계란 후라이 다섯 개 부쳐놓고, 오븐에 조기 새끼 얹어 적정 시간을 몰라 대강 5분을 맞춰 고~

뭘 할까 하다가 계란말이 해놓자 맘먹구 달걀 7개 깨 풀구, 당근, 파 썰어 잘게 썬 다음 새우젓 간과 더불어 혼합 휘휘휙~~~

오븐이 금방 완성됐다고 알람이 와 열어보니 택두 없다. 자동 1분 추가해 봐도 여전히 택두 없다. 5분 더 추가~~~

그런데두 션찮다. 노릇노릇은 안 되었어도 익은 듯은 보여서 뒤집어 7분 돌리고 끝. 계란말이 부쳐놓고 대강 설거지 후 도시락밥 용기에 3분의 1씩만 점심 저녁으로 두 개 퍼담구.

허기져 탁자에 놓여있던 어제 출근 전 해놓은 달걀찜이 얼마 안 남아 있는데, 거기다 밥 한술 놔 먹으려다가 혹 몰라 냄새 맡아보니 맛이 갔다 이뤔!!!

씽크대 배수구 거름망에 과감히 버려둔 채 치우지 않았다.
'상할 만한 음식물은 우리 이제 냉장고에 꼬옥 넣자 아라찌?'
이런 메세지 의미로. 사실은 내가 냉장고에 넣어둘 수도 있었지만.

대강 한술 뜨고 채비해서 나섰다. 늦은 오월의 새벽 거리는 그 공기 기운이 잠잠하다.
오가는 차량들, 가끔은 오토바이 한 대가 덩치 큰 차량만큼이나 요란스럽다. 운동복 반팔 위에다 혹 선선할지 몰라 걸치고 나온 바람막이가 거추장스럽다. 민낯 피부로 싱그러운 오월의 새벽 기운을 더 많이 느끼고 싶어져 서초역 신호 대기 중 벗어 배낭에 넣었다.

교대역을 지나고 코오롱 스포렉스 쪽으로 발길을 돌려 그 뜰에 심어져 있는 사과나무를 살펴보며 걸었다.
열매가 숨은그림찾기였는데 이제 제법 드러나기 시작했다. 그런데…. 열매

수가 현저히 적어 보인다.

아… 꿀벌들의 실종으로 착과율이 낮아진 게 분명해 보인다. 어떤 나무는 다행히도 더 달린 나무도 더러 보이긴 하더라.

도대체 꿀벌들이 사라진 이유가 대체 뭘까. 또 우리 인류는 그 원인을 밝혀 내고 돌아오게 할 수는 있을까….

서운중학교 울타리 방향으로 틀어 오는데 그 옆 아파트 단지 쪽문에서 60 전후의 머리는 반백이고 작달만 한 이가 나오더니 담배 연기를 내뿜으며 걷는다. 이륀 개쉐이….

바람이 잠잠하기만 한 새벽 거리에 담배 연기 뿜어 놓으면 쉽사리 흩어지지 않는다.

뒤따라 걷지 않고 그 건너편 인도로 강남대로로 향했다. 그런데 서운로를 그가 먼저 횡단하더니 모퉁이 돌면서 들이마셨던 담배 연기를 듬뿍 내뱉어 놓는다. 그 앞에는 불과 5m 전서 교복 입은 여학생이 걸어오고 있는데 말이다.

그러거나 말거나 난 그의 건너편 쪽으로 걸어 그가 뿜어 놓은 담배 연기는 얼씬도 못 하게 멀찌감치 띄어 놓고 삼실 도착.

씻고 나자 개운하다 ㅎ

얼마 남지 않은 오월의 끝자락. 이 좋은 계절이 휙 지나가는 것이 아쉬운 마음에 가지 말라고 그 오월의 치마끈 죽죽 잡아 늘어뜨리고 싶은 아침이다 ㅋㅋ

모두들 좋은 나날들 이어가자우~~~

미혼

2023. 05. 23.

낯선 전화가 온다. 벨 울릴 때 광고 전화란 알림이 뜨더라.

무심코 받아봤다. 결혼정보업체란다. 미혼을 상대로 결혼 알선한단다.

웃었다. 아니 웃겼다. 나의 신분이 미혼으로 누군가에게 제공된 건지….

웃음이 절로 나왔다. 아니 다 늙었는디 결혼시켜 주려 그러는 거요? 나오는 웃음을 참지 못한 채 키득거리며 끊었다.

끊고 나니 아쉽다.

더 얘기나 나눠 볼껄… 그랬나… 싶다. ㅋㅋㅋㅋ

담배연기

2023. 05. 30.

늦었다.

서두르지 않았다. 연휴 내내 면도하지 않았더니 수염이 희끗희끗 보기 흉하다.

닭도리탕 남은 게 걍 불판 위에 놓여 있다. 불안하다. 뚜껑을 열어봤더니 아니나 다를까 감자 쉰내가 풍겨져 나온다. 숟갈로 소량 국물 맛을 봤더니 쉰내가 입안을 가득 채운다.

아침 대강 해결하고 채비하고 반바지 반팔 차림으로 옷 입으면서 마늘한테 닭도리탕 쉬었다 말하니, 졸음 섞인 말투로 아쉬움을 토로한다.

나섰다. 습기가 잔뜩 낀 날씨다. 좀 늦은 편이니 서초대로로 그냥 쭉 가야지 하구 서초 교대역 다 통과하구 가는데 또 담배 향이 어디선가 풍겨온다. 골목이 없다. 내 바로 앞에는 10m 정도 거리에 여자가 가고 있는데 손에 담배는 없다.

더 먼 발치에 가고 있는 남자가 의심스럽다. 보는 순간 왼손을 앞쪽에 두어 몰랐는데 손 뻗은 걸 보니 그자다. 담배가 어김없이 쥐어져 있다. 나와의 거리 약 30~40m.

짜증 난다. 걷는 속도와 보폭을 늘려 보지만 담배 연기 영향권서 쉽사리 벗어나기가 쉽지 않다. 뛰었다. 그 남자를 추월할 무렵 힐끗 쳐다보긴 했으나 보는 둥 마는 둥 지나쳤다.

습기 많은 이른 아침의 바람이 거의 잠잠한 때의 담배 연기는 그렇게 쉬이 흩어지지 않는다. 사람 통행량 많은 대로변서 보행 중 담배는 삼갔으면 하는 바람이다.

조은 날~~~

아이 조아라~

2023. 05. 31.

점심 후 싸리고개 공원에 산책 다녀왔다. 강남 순복음교회 앞에서 할머니 셋이 무언가를 나눠준다. 팝콘 한 봉지와 선교 찌라시 한 개. 받지 않으려 했다. 난 팝콘은 거저 줘도 먹기 싫다. 팝콘 담긴 거를 황씨에게 건네더라. 다행이다.

그 옆의 다른 할머니 팝콘 봉지가 아닌 다른 걸 내게 건네주더라. 건빵이다. 내가 좋아하는 거다. 좋아라 받았다. 마치 아이처럼 좋아했다. 또 그 옆의 할머니, 나의 좋아하는 모습을 보더니 웃긴가 부다. 그마저도 얼굴이 환하게 펴진다.

밝게 좋아해 주는 표정은 상대에게도 미소를 짓게 해주는 마약(?)인가 부다 ㅋㅋㅋ

핸드폰

2023. 06. 02.

그제 망우리에 갔었다. 완전 짠쪼갔다. 기억에 읍다.

그런데 어제 아침에 깨서 출근 채비하는데 마눌이 그런다.

"자기 핸폰 잃어버렸자나."

머라…? 맞어… 참 뭔가가 이상했었어….

이상하다. 교통카드 겸 신용카드 늘 쓰는 건 주머니에 들어있다.

'이게 머지….'

늘 폰에 껴있던 카드 꺼내 결제하구 다시 껴 넣구 폰을 주머니에 넣어 왔는데…. 삼실에 출근하여 혹시나 하구 내 폰으로 전화해 봤다. 전원 오프란다. 두어 시간 후 또 해보니 여전히 오프다.

아마도 택시에 빠뜨린 가능성이 높아 보여 카톡 문자에 남아있는 영수증으로 기사님 폰 번호를 확보, 오전에 전화해 봤는데 안 받으신다. 밤늦게 새벽까지 일하시고 오전에 주무시는 건지도 모른다 생각하고 점심 먹구 오후에 해봐야지 했다.

혹시나 하구 식후 13시 15분경 내 폰으로 전화해 봤다.

햐… 간다!!! 신호가!!!

분명 배터리가 다 닳았을 것이고, 충전 전 오전엔 오프였다가 획득한 자가 충전을 해 놓은 게 분명해 보였다. 전화를 받는다. 나이 지긋하신 어르신으로 보인다. 연락할 길이 없어 일단 충전부터 해놨단다.

상봉 터미널 쪽에서 어제 택시 타지 않았냐 하신다. 정확히는 기억나지 않지만 "거기서 택시 타구 방배동에 갔었죠?" 물었다.

그렇단다. 집이 상봉동 이마트 뒤니 아무 때고 와 연락하라시면서 자기 폰 번호 이름까지 남겨 주시더라.

아무 때고 방문하라는 말씀으로 미루어 쉬이 변덕 대는 사람 같지는 않아 보였고, 그래도 모르니 당장 회수하기로 맘먹구 외출 달고 나섰다. 나서기 전 공중전화용 동전까지 챙겨 나섰다.

상봉동 이마트 도착. 이마트 입구에 안내 아가씨에게 부탁했다. 전화번호 메모지를 넘기며 사정을 얘기했다. 흔쾌히 전화 걸어준다. 바로 앞 택시 승강장에서 기다리란다고 그 아가씨 전해준다.

감사함을 전하며 승강장에서 기다렸다. 5분여 지나자 경적 소리가 짧게 울린다. 갓길에 택시들 몇 대가 있으니 제일 앞쪽으로 오라 신호하신다. 갓길에 잠시 정차하더니 문을 열고 두말없이 폰을 건네주신다. 인상착의나 얼굴 인상이 엄청 후덕해 보이신다.

"카카오 페이 하시죠?" 물었다.
"네, 물론 하지요."
"제가 수고비 5만 원 송금해 드릴게요." 하자, 대뜸 손사래를 크게 치시며 내버려두란다. 그 흔드는 모양새나 얼굴 표정으로 미루어 그냥 형식적으로 건네는 그런 말씀이 아닌 진심 같게만 여겨졌다. 그러시면서 중앙차로 쪽으로 핸들 꺾어 방향을 틀어 미련 없다는 듯 가시더라.

자철 타구 오는 길에 5만 원 송금해 드렸다. 감사하고 건강하시라는 짧막한 인사 한마디 덧붙이면서.

남의 영역에 있는 남의 물건을 갈취하려 드는 사람도 있는 반면, 또 그렇게 분실물을 그 주인한테 찾아주려 하는 사람도 있는 우리 사회는 메말라 간다고는 하지만 이렇게 구석구석에 선량한 양심을 지닌 사람도 많은 아름다운 세상 맞다.

기분 좋은 김에 과에 시원한 수박 한 통 쐈다. 하나두 안 아깝다. ㅋㅋㅋ 주말에 이어 샌드위치 데이가 껴있는 4일 연속 쉴 수 있는 참 아름다운 불금이다. ㅎㅎ

조은 날들~~~

골동품 차량

2023. 06. 03.

열무김치 지난주에 담갔었다. 잊구 있었다. 오늘 새벽 냉장고를 대강 살펴보니 참⋯ 열무김치 있었지⋯.

열무김치를 보자마자 보리밥이 생각나 바로 배낭 메고 늘보리 사러 마트에 갔는데⋯.
아니, 전에는 있었던 거 같은데 샅샅이 뒤져봐두 안 보인다⋯.
망설이다 나왔다. 시장 방향으로 가다가 말았다. 지금 이 시간 문을 연 잡곡 상두 없을 텐데 괜한 헛걸음질 말자 했다.

내방역 사거리. 남북 방향 횡단보도 신호를 기다리는데 방배동 고개 쪽에서 낯익은 낡은 차 한 대가 슬금슬금 겨 오더니 좌회전 유턴 차로인 1차로에 멈춰 선다.

아니 저거…!!! 군생활할 때 가끔 보던 스텔라 아닌게벼?

차량 곁면 여기저기가 일그러져 망치루 대강 때려 핀 듯 울퉁불퉁, 보기두 신기하다.

보행 신호가 켜지자 내가 건너는 중, 요 차 내게 자기 브랜드를 확인시켜 주려는 것처럼 마치 내 앞에서 유턴하며 뒷 꽁지를 보여준다.

맞다. 그 80년대 스텔라 맞다. 오랜 벗 만나듯 반갑기까지 하더라. ㅋㅋㅋ

얼마 전 마눌과 절에 다녀오다 코스트코 들렀을 때 거리에서 보았던 90년대 많이들 탔던 엑셀보다도 더 오래된 차종이다. 엑셀을 봤던 당시 내 차두 20년 넘었지만 저건 30년두 넘은 건디… 했었다.

그런데 스텔라는 뭐냐. 그 엑셀 전 80년대 다니던 차량 아니던가… 그러니까 근 30년은 훌쩍 넘구 40년 가까이 된 차량이다.

90년대 즈음, 새 차 사구 2~3년 타다가 새로운 기종이 판매되면 바로 차 개비하던 게 유행이던 때 나오던 캐치프레이즈.

이른바, '자동차 10년 타기 운동'이 요즘은 기본 10년이고 20년도 예삿일이 돼 버린 듯하다. 저렇게 30년도 훌쩍 넘긴 차들도 다니는 거 보면.

열무보리비빔밥

2023. 06. 08.

점심을 대구 뽈지리탕으로 하긴 했는데 밥은 반 정도 남겼었다. 그래선지 배고프다. 고추장 푹 떠 넣구 새큼한 열무보리밥에 참기름 넣어서 먹구 싶다.

재료는 모두 내 전용 냉장고에 들어있다. 쇼핑백에 다 담았다.

조사실로 향했다. 신문 펼치구 보리밥 떠넣구 열무김치 적당량 넣은 다음 고추장 한 숟갈 떴는데 작년 거라 그런지 말라 있어 쉬이 밥에 풀어지지 않는다.

고추장 위에 참기름을 쳐 넣구 썩썩 비벼댔다. 가급적 골고루 섞이라고 한참을 비벼댔다.

냉장고서 꺼내 데우지 않은 보리밥에 션한 열무김치. 고추장. 참기름. 어우러짐이 끝내준다.

목줄기를 타고 넘어가는 냉기 도는 보리 비빔밥.

식도도, 도착지인 위장도 이 여름 시원함으로 에너지를 더하는 기분이다. 울 조상님들은 이 맛난 메뉴를 어떻게 개발하셨을꼬… 선조님들이 존경스럽다. ㅎㅎ

잔소리

2023. 06. 10.

마눌이 토마토 끓여놓은 거 먹으란다. 한 그릇 덜어 먹었다. 다 먹자 머리나는 약 한 줌과 물 한 컵을 주며 먹으란다. 먹었다. 아까 밥 먹구 뒤척대다가 토마토 한 그릇 약 한 줌 먹었더니 배부른데 또 커피를 잔뜩 부으며 마시란다.

투덜댔다. 쪼금만 주지 배부른데 또 이러케 많이 주냐. 짜증 냈다. 웃는다.
"아니!!! 술은 몇 병이고 마시는 사람이 그게 많다고라?" 하며 웃기는 소리 말라 이거다.
채비했더니 어디 가냔다. 운동 가지 어딜 가….
무슨 운동 가냔다.
아니 민턴이지 어딜 가….
그럼 갔다가 언제 오냔다.
1시쯤 와서 배밭에 갈 겨, 멀.

어이없는 표정이다 ㅋㅋㅋ
또 배밭에 가서 마구 푸다 맛 가서 또 오겄지…ㅠㅠ 한다.

172

당구 시합 후의 만찬

2023. 06. 14.

어젠 당구 시합을 했다. 1차전 여지없이 깨졌다. 그 후 패자전 그 역시도 영락없이 깨졌다.

승자전과 패자전에서의 승자들끼리 토너먼트 진행하는 동안 2패 하거나 2차전서 패배한 낙오자들끼리 번외 겜을 또 치렀다. 잘 나갔다. 대여섯 개 앞서 나가서 이기는 건 따 놓은 당상으로 여겨졌었다.

이뤈!!! 막판 상대들의 기세가 만만치 않더니 급기야 쫑으로, 그러니까 후루꾸루 마무리 가락까지 매듭짓더라. 3패. ㅠㅠ
씁쓸히 마무리 짓고 주린 배를 채우러 백부장집으로 고~~~

그 백부장집은 전보다 더 발 디딜 틈이 없이 북적거린다. 테이블이 넉넉지 않아 양계장의 닭들처럼 움직일 틈새라곤 없이 빼곡히 끼어 앉아 양어깨가 다닥다닥 붙은 채로 닭 한 마리를 조져 대는데….

하나같이 이구동성의 그 소리는 닭 한 마리의 담백 소담한 국물 맛과 이 집만의 고유한 김칫국물의 어우러짐은 더 이상 형언하기 어려운 국물 맛의 진정한 참맛을 보여주는 것에 대한 이견은 한 톨도 없어 보였다.

쉰나게 먹어댔다. 배 터진다. 서빙녀의 센스 있는 돌봄도 여사장님의 넉넉한 미소도 이 집의 참 진한 국물 맛을 더해주는 맛깔스러운 달콤함이 아닐 수 없다.

전에 카운터 바로 앞서 둘이서 막걸리 한잔하는데 그때도 변함없이 신나게 맛나다며 먹어댄 적이 있었다. 맛난 음식 값싸게 손님들에게 대접하는 것에 대한 감사함으로 카운터를 지키던 남자 사장님한테 그랬었다.

사장님!!! 이렇게 맛난 음식을 또 이렇게 저렴하게 손님들에게 대접하는 건 곧 사회에 대한 봉사라고 칭찬한 적이 있었다.

그 얘기를 전해 들은 그 사장님, "어이 아줌마!!! 여기 떡 사리 서비스!!! 참 말씀을 이쁘게도 해주시네." 했었다.

변함없는 맛과 변함없이 부담 없는 가격으로 우리들의 입맛을 즐겁게 해주는 백부장집이 오래도록 그 자리에 머물러 주었으면 하는 바람은 아마도 내 맘만은 아닐 게다. ㅋㅋ

스텝 스텝

2023. 06. 16.

다이소에 들르러 나갔다. 횡단보도를 건너는데 앞서가는 여자의 뒷모습이 나의 시선을 가만 놔두지 않는다.

붉은 꽃무늬의 원피스가 허리와 둔부 쪽에서 유난히도 실룩거린다. 실룩거림은 실룩대는 것뿐만 아니라 발걸음을 옮길 때마다 마지막은 실룩거림의 끝판에 떨림 현상까지 두드러진다.

다 건너자 그 끝나는 지점 부근에 있는 구둣방에 손님인지 마실꾼인지 약 70 전후로 보이는 아자씨가 스툴(포장마차용 등받이 없는 동그란 작은 의자)에 앉아 다가오던 그녀의 앞모습을 그 허리 부근과 가슴 부분을 빠른 눈 돌림으로 살펴보더니 급기야 그녀가 지나치고 나서도 고개를 돌려 그녀의 뒷모습을 살펴보는 모습에 '그 마음도 내 맘과 한 치의 오차 없이 똑같구려.' 했다.

앞모습이 너무도 궁금하여 추월하면서 옆모습을 힐끗 봤다. 가슴의 출렁거림도 예사롭지가 않더라. 풍만하다. 얼굴을 충분히 살펴보지 못해서 먼저 앞으로 빠른 걸음으로 간 다음 다이소 입구에서 그녀를 살폈다.

얼굴은 가슴과 히프의 그것보단 못 미치는 거 같더라. 다행이다. 얼굴마저 빼어나게 이뻤다면 아쉬움만 깊어질 것만 같다. ㅋㅋ

호위무사

2023. 06. 17.

깼다. 남창이 훤하다.
몇 시지… 벽시계를 보았다.

07:05을 가리킨다.

오른발을 들어 왼쪽에 자고 있는 마눌 하체를 감싸 안듯 올려놓았다. 그 너머에 햇님이 있다고 마눌이 주의를 준다. 몰랐다.
그런데… 햇님이 대든다.
으르릉 으르릉…

달려들어 물을 태세로 씩씩댄다. 이노므 새끼가 한 방 먹이려 모션을 취하자 더 적극적이다.
그래 넌 마!!! 엄마하고 친해서 좋겠다 개새끼.

햇님은 마눌 호위무산가 부다.

시원한 냉국수

2023. 06. 21.

어제 올만에 쉼(무알콜)을 가졌다.

도보 퇴근 후, 국수 한 그릇 말아먹기로 작정하고 먼저 오이냉국을 만들어 김치냉장고에 넣어두고, 호박 채 썰어서 살짝 볶아두고, 볼이 넓은 냄비에 물을 적당량 붓고 끓일 채비를 하자 때맞춰 마눌이 현관 키 누르며 딱 들어온다.

176

면을 삶아 찬물에 씻어 내구 두 그릇을 담아냈다.

소면의 쫄깃함, 오이냉국의 시원함, 호박볶음의 달콤함, 열무김치의 새콤함
은 따로따로 맛봐야 제맛이겠지만 한꺼번에 다 넣고 따로따로 먹어 봤다.
그런대로 맛나다. 다 먹구 나서 열무김치 국물을 쥐어짜듯 마셔댔다. 참 깔
끔한 마무리다.

내가 준비해 놓은 양념으로 말아주자 마눌은 그냥 맨 국수에다 열무김치하
고만 먹더라도 아주 맛날 것 같다고 이야기하더라.

더운 날 어울리는 시원한 국수 한 그릇. 그중엔 열무김치국수, 살짝 얼린 주
겨 주는 동치미국수 등이 있을 게다. 그런 이유로 오이냉국보다는 순 열무김
치국수를 먹고 싶었나 부다. 담엔 그렇게 해봐야것다.

그러잖아도 김치냉장고 하단에 둔 열무김치가 살짝 얼어있어 방금 삶아 찬
물에 휙휙 돌려 씻은 갓 씻은 국수에 살얼음 섞인 열무김치 국물과 더불어 해
먹으면 이 여름날의 후덥지근한 짜증이 단숨에 훅 날아갈 것만 같은 생각이
다.

비 내리는 수요일 아침. 강한 빗줄기가 아닌 부슬거리는 비는 도보 출근을
그렇게 심하게 방해하진 않더라.
오히려 더위를 잊게 해줘서 배낭 멘 맑은 날 등줄기에 땀이 차는 듯한 찝찝
함으로 배낭을 손에 들어야만 하는 불편함을 안겨주진 않더라. 다만 한쪽 손
은 우산을 들어야 하는 불편함은 있지만.

빨간 장미가 생각나는 비 오는 수요일 아침. 가요 속 한 대목의 가사가 때로

는 사람들 가슴속에 오래도록 남아 우수에 젖게 하기도 하는 날. 기왕의 좋은 인연은 보다 더 두텁게, 또 지금껏 없던 새로운 상큼한 인연이 엮어지시기를 ~~~

그게 맘대로만 된다면야. ㅎㅎ

가격 착한 대폿집

2023. 06. 22.

어제 남성시장 내 ○기○기식당에서 군 선배 둘하고 대포 한잔 간략히 했다.
약속 시간 19:00. 내가 도착한 시간 18:45.
그 시간. 바깥에 미완성의 파라솔 한 개만 남아있고 안팎이 다 만원이다.

그 유일한 미완성의 비어있는 자리에 초라하게 앉았다. 예전엔 혼자 왔다고, 비어있던 자리가 몇 개는 됐었는데 손님들 곧 들이닥칠 거라고 한 사람은 받을 수 없다고 쫓겨난 적이 있었다.

이 쥔장 내게 와서 또 그런다.
"혼자 왔어요?" (묻는 표정 말투 모두 드럽다)
"아뉴 셋유."
여기서 기냥 드실 거냐구 다른 자린 없다구 여기서 먹을라믄 먹구 아니면 가라는 식이다.

비는 부슬부슬 오락가락하지만 파라솔로 지붕이 되어 있는 관계로 아무런 지장이 없다. 오히려 더 운치를 더할 것만 같았다.
"그류, 여기서 걍 먹을규." 했다.

제육 둘, 청국장 하나 시켰다. 제육 1인분 만 원, 청국장 하나 8천 원.
선배 둘 모두 청국장이고 제육이고 맘에 드는 모냥이다. 맛나단다. 술꾼들에게 더없이 고마운 건 소주, 막걸리가 3천 원밖에 안 한다는 거다. 그래서 드러워도 참는 거다. 참는 게 이기는 거라는 격언은 이런 때 적용해야 지대루일 거 같다.

막걸리 4개 깠다. 그렇게 셋이 먹은 게 고작 4만 원. 다만 카드가 안 된다. 현금 또는 계좌이체만을 용인한다. 까이꺼 머 그 방식 따라 주는 건 아무것도 아니다.

넋두리

2023. 07. 01.

좀 전에 어제 같이 한잔 나눈 형이 전화 왔다.
관호 클럽에 술 먹으러 간단다. 거기서 술 먹구 한 겜 하구 이수클럽으로 올

테니 그 시간에 맞춰 이수로 오란다. 몇 젬하구 술 잔뜩 먹구 우리 둘 다 술 끊잔다.

그러면서 묻는다.
"야!!! 죽는 게 더 쉬울라나, 술 끊는 게 더 쉬울라나, 술 끊는 게 더 어려울까…." 한다.

참… 어려운 숙제다.

물회 점심

2023. 07. 03.

어제 술이 잔뜩 취해 집에 오다가 어디선가 얼굴을 갈았다. 오늘 병원에 들러 소독하구 밴드 등으로 조치하곤 점심 먹으러 물회집에 갔었다. 물회집 여사장이 내 얼굴 보더니 웃는다. 웃긴가 부다. 술먹구 깠다 했다.

남자가 거든다. 도로니 전봇대니 와서 부닥친다고. 웃어서 미안했는지 또 그런다. 이렇게 다치셨는데 웃으니 하며 또 웃는다.

이뤈!!!

나훈아 신곡 기사를 보고

훈아 형이 그랬다네.

새벽별이 보이면 시를 짓고, 새벽 비 내리면 빗소리에 멜로디를 짓고, 또 새벽은 기타를 잡게도 피아노에 앉히기도 했단다.

그리고 또 새벽은 눈 뜬 채 꿈을 꾸게도, 아픔을 추억하게 해 술 한잔을 하게도 하는 등 새벽은 그렇게 우리의 훈아 형을 잠 못 들게 했다네.

새 앨범 〈새벽〉을 발표하는 소회마저 시 한 구절이 되는 우리의 훈아 형이다.

존경하지 않을 수 없는 가황 맞다.

무알콜 11일째

2023. 07. 13.

그렇지만 가볍지만은 않다.

아니 오히려 무겁다. 걸어오는 내내 터벅거렸다.

거기다 또 졸리기까지 하다. '얼릉 가서 찬물로 헹구고 한숨 자야지.' 하구 씻구 왔다.

나른하다.

하루만 술을 안 마셔도 날아갈 것 같은 가뿐함은 어디로 사라져 버린 걸까. 다시 그러한 왕성함을 되찾을 순 없을지 몰라도 절제된 생활을 지속하면 뭔가 달라는 지겠지. 그럴 거야 암… 하고 절제하는 삶을 이어가야지… 다짐해 본다.

각성

2023. 07. 14.

음주 사고 그리고… 사고(?)친 날, 그러니까 7월 2일 일욜날 저녁이다.

사고라 함은 오전 운동하구 점심부터 오후 내내 저녁까지 몇 차례나 옮겨 다니며 술 먹다, 최종 순댓국집에서는 더 이상 마실 수 없었던지 먼저 나와 집 으로 걸어오다 어디선가 몸을 가누지 못해 자빠져 여기저기 찰과상을 입은 걸 말하는 거다.

어딘지 왜 그랬는지 또 그 이후 어떤 동작으로 집에 들어온 건지 전혀 기억에 읍다. 이마 광대뼈 양 손바닥 무릎 아주 골고루 피투성이가 되어 온 주태배기 신랑을 맞이했을 마눌의 심정은 어땠을까….

다행히 분실물은 없었다. 반바지 반팔 차림에 폰만 달랑 들고 나갔었다. 놀란 마눌이 내 폰을 검색해서 같이 자리했던 형에게 전화했었단다. 세상모르고 자고 있던 내게 그 이튿날 아침 일찍 그 형에게서 전화 왔더라.

"야, 너 어티기 된 겨 그래?"

"몰라 나두."

세상이 싫어서였을까, 세상이 너무 즐거워 흠뻑 빠져들어 한만 없이 들이키다 그랬던 것일까.

그날 저녁 마눌은 기도하느라 잠을 제대루 못 잤단다. 두 시간도 제대로 잠을 이루지 못했단다. 아침 시간 이것저것 채비하다 허둥지둥 출근하더라.

홀로 침대에 누워 가만히 생각에 잠겨봤다. 허구한 날 운동과 숙취에 젖어 살아온 무수히 흘려보낸 지낸 날들. 배낭 잃어버리고 지갑 잃어버리고 집을 못 찾아 수 시간을 헤매던 순간들.

그 모두가 심각한 사고로는 이어지지 않았었다. 까딱하면 큰일 날 수도 있던 것이 마눌의 기도 덕분은 아니었을까 하는 생각도 들었다.

당장 제대루 씻지도 못하니 답답하기 이를 데 없었다. 흐르다 멎은 피로 인해 어디가 상처 부위인지 분간도 안 갔다. 그대로 몸을 이끌고 피부과에 들렀다. 의자에 뉘여놓더니 소독하며 씻어낸다. 다행이 상처가 깊진 않아서 수술할 필요는 없다더라.

상처 난 곳 모두를 밴드나 거즈로 덕지덕지 붙여 놓고 물 닿지 않게 조심하라더라. 그러면서 컴 모니터를 보면서 지난 3월에도 다녀가셨는데… 또 그러셨다는 표정이다.

그런 상태로 도저히 출근은 못 할 거 같아 그 주 일주일을 병가 처리토록 하였다. 쓰라렸던 상처 부위가 하루하루 지나며 그 쓰라림이 서서히 없어지며 아물어가고, 활동하는 데는 전혀 지장은 없는데 단지 상처가 돋보이니 창피하다가 나중엔 그러거나 말거나로 되더라.

병가로 얻은 일주일. 참 요긴한 한 주였다. 출근 전 마지막 일욜엔 운동하니 딱정이가 깔끔하게 사라진다. 참으로 땀 빼주는 운동이 회복 기간을 휠 단축시키는 느낌에 흐뭇하다.

내기에 비록 지긴 했지만 비 오는 일욜 점심 직후 함께 코트에서 가쁜 호흡을 함께하던 일행들은 즐거운, 또 기대되는 표정으로 대폿집으로 향한다.

동행에서 과감히 이탈했다. 그렇게 무알콜로 오늘이 12일째이다.
알콜 결핍증인지 몸이 가볍지만은 않은 상태이지만 살아있는 기간이 늘어나는 기분이다. 맨정신으로 저녁 시간을 보내자니 잃어버렸던 저녁 시간이 내 시간이 되어가는 듯 삶이 풍부해지는 느낌이다.

이렇게 당분간 자제하다가 끊을 수 있으면 끊는 거구 그렇지 않을 경우엔 뭐든 한 병을 한도로 여기고 그보다 더는 마시지 않겠다. 몽롱한 기분으로 즐거움을 찾기보단 멀쩡한 생생한 기운으로 내 삶을 살아가련다.

부세굴비구이

2023. 07. 15.

지난 주말였던가 지지난 주말였던가… 가물가물하다.

장모님이 며느리가 갖다준 보리굴빈지 부세 조긴지 냉동실에 한 마리씩 포장되어 있던 걸 귀찮아선지 갖다 먹으라 해서 어제 새벽 출근 전 한 마리만 구워 놓고 출근했었다.

퇴근해 들어와 보니 식탁에 대가리와 발라먹은 생선 뼈만 덩그러니 놓여 있다. 세세히 살펴보니 대가리 틈 속에도 지느러미나 중앙 뼈 틈틈이에 발라먹을 살점이 붙어있더라. 남은 상태를 보아하니 아들이 먹구 남긴 것으로 짐작이 갔다.

9시쯤 되자 마눌이 들어오더니 대강 거의 발라먹은 굴비 흔적을 보고는 묻는다.

"이거 자기가 먹은 거예요?"

"난 삼실에서 먹구 오자나."

아들이 먹은 건가 보구나 한다. 근데 살점이 좀 붙어있다고 발라먹으라고 내가 그랬다.

배고픈지 샤워하자마자 밥상을 부지런히 챙긴다. 발라먹어 보더니 장터에서 파는 생조기 새끼 만 원에 20마리짜리 하곤 차원이 다르다고 그런다. 그러면서 나보고 묻는다.

"이거 두 마리 다 구운 거여요?"
"아니 한 마리 남았어."

아니, 엄마가 해 먹으라고 주시면서 구워서 조금만 주던지 하셨다고 한 마리 남아있다 하니 안도하더라.

그래 새벽에 구워서 아침 식사 전 갖다드리자 하고 엊저녁 잠을 청했었다.

오늘 새벽 눈을 떴다. 05:14.

양치하고 남은 한 마리 구웠다. 좀 식은 후 반쪽을 떼어내는데 잘도 발라진다. 하나도 흐트러지지 않은 채 반쪽이 딱 떼어졌다. 온전한 한 마리는 꽤 커 보였는데 순 살점만 반쪽을 용기에 담아내니, "에게~~~" 넘 적어 보였다.

남은 반 마리의 일부를 떼어내 마저 담고 나섰다.

가보니 앉아 TV를 보고 계시더라. 굴비 반 마리 가져왔다고, 아직 아침은 안 드신 거지요? 하자 "이제 먹으야지." 하신다.

타이밍도 제대루 맞췄다. 맛난 거라고 맛있다고 그러자 껄껄껄 웃으시면서 그러신다.

"맛있어? 그럼 전에 주지 말구 나 혼자 해 먹을 걸 그랬나?"

농담 한마디 던지시면서 또 행복에 겨운 웃음을 남기신다.

어지럼증

2023. 07. 21.

　지난 일욜 오전부터 어지럼증이 발생. 일시적 현상이겠거니 생각하고 누워 쉬었다. 두세 시간을 침대에서 빈둥거리다 나가야 할 일이 있어 11시에 나섰다.

　그런데 이뤈!!! 생전 그런 일이 없었는데 어지럽다. 왼쪽 귀 주변이 먹먹하게 울리는 듯하고 골목길 차량 소리의 위치마저도 잘 알아차리지 못하겠더라. 심지어 넘어질 거 같아 주택 벽에 손을 대고 잠시 쉬었다 이동하는데 식은땀까지 배어 나온다.

　이거 머지… 30~40분 걷는데 계속하여 걷지 못한 채 서너 번을 쉬어 가야만 했다. 오만 가지 생각이 다 들었다. 혈압은 그렇게 어지러워야 할 만큼 높게 나오지는 않는다.

　이튿날 월요일. 걸어 출근하려다 어지러워 중간에 버스 타고 이동했다. 큰일이다.
　이비인후과에 들러봤다. 간단한 테스트 두세 개 해보더니 이석증은 아니란다. 의뢰서 받고 나왔다.

　가까운 대학병원에 들러 이비인후과 진료를 받았다.
　역시 이석증은 아닌 거 같단다. 그러면 정밀 진단 두 가지를 받자 한다. 검사

어느 세무공무원의 세상 사는 이야기　187

시간이 많이 소요되고 그것두 한 달 반 이상 기다려야 한단다. 예약하고 나왔다.

그 병원 간호사로 있는 조카가 저녁에 전화 왔다. 뇌신경 쪽 모르니 함 검사해 보자면서 바로 다음 날 진료를 잡아 놓더라. 오전에 진료하고 오후에 MRI 촬영해서 바로 그 결과를 보는 아주 신속한 과정이다.

찍구 오후에 검사 결과를 보았다. 담당 선생님 참 자상하게 설명하신다. 뇌는 아무 이상 없으니 걱정할 건 아니란다. 뇌만 안 다치면 다른 건 찾아내어 치료하면 되는 거니 아무것도 아니라며 걱정 말구 그냥 활동하라고 오히려 더 활동을 권장하신다.
환자의 입장에서 불안감을 가질 수 있는 부분을 아주 깔끔하게 불식시키는 거다. 너무도 감사하다.

그날 저녁 또 조카가 전화 온다. 이석증도 아니구 머리두 이상 없구 그렇다면… 하면서 특이한 거 먹은 건 없는지 묻는다.
갖가지 오만 생각이 드는 나는 그 전날 포장 용기에 아무런 표식 없는 양념 고추장 돼지고기가 꺼림칙해서 그 얘기를 했더니, 이 조카 돼지고기야 다들 흔히 먹는 거니 하면서 곰곰이 생각하더니 내가 먹고 있는 혈압약을 언급하더라.

먹던 혈압약을 작년에 이뇨제 성분이 있는 약으로 바꿔 먹기 시작한 걸 생각해 내더니 이뇨제 성분의 혈압약 먹는 환자들이 종종 어지럼증을, 특히 여름철에 더 호소한다더라. 그러면서 담당의한테 나의 증상을 얘기해서 함 진료받아 보자 하더라.

인터넷을 검색해 봤다. 아… 이뇨제 섞인 혈압약의 부작용이 어지럼증, 무기력증 등을 일으킨단다. 왜 그런 건지 잘 이해는 안 가지만 일단 그리 꽂혔다.

한의사 선배에게 물어봤다. 내 증상과 복용 중인 약을 듣더니 이뇨제가 꺼림칙하단다. 이뇨제는 몸속의 나트륨뿐 아니라 신체에 유익한 성분들까지 몸밖으로 배출시켜 우리 몸을 균형 있게 하지 않을 수 있단다.

그러면서 최근 내가 술을 안 먹고 있다 하니 의사 선생님한테 요즘 정신 똑바로 차리고(?) 술 안 먹구 지낼 테니 이뇨제 성분 없는 약으로 처방해 달라고 하란다.

검사 결과 보러 갔다. 땀을 넘 많이 뺐단다. 이뇨제 없는 약으로 처방한단다. 여타 다른 요소들은 다 이상 없단다. 맘이 한결 가벼워진다. 돌아오는 길에 장모님 댁에 들려 안심시키자, 그간의 검사 과정을 알게 되신 어머니가 그러신다.

"참 그 조카 덕 제대루 보네. 차암 고맙네."

오리무중으로 빠질 뻔하던 원인 규명이, 그 실마리는 우리 조카가 풀어주고 또 그 마무리까지 해결(검사와 진료)해 준 거다.

조카 고3 시절 간호대 간다고 얘기 듣고는 내가 그랬었다. 그 간호사 길 엄청 험난하고 힘든 길인데 우리 사랑하는 조카가 그 어렵고도 힘든 길을 왜 가려 하는지 안타까워 만류하기까지 했었다.

본인의 그 의지를 꿋꿋이 실천해 온 덕에 편안하고 신속하게 검사와 결과를 확인할 수 있어서 너무도 고마운 일주일간이 아니었네 그려.

조○형

> 의사보다 훨 더 유용한 조카를 두셨구먼~

병가 후 첫 출근

2023. 07. 24.

걸어 출근했다. 서초역 즈음부터 약간의 어지럼증이 돈다. 그렇다구 못 걸을 지경은 아니다.

서초역 편의점에 들러 게토레이 하나 사서 마셔 가며 걸으려 했더니 또 지랄, 2+1이다. 배낭은 꽉 찼는데 말이다. 간신히 두 개는 틈새에 껴 넣고 하나는 들고 마시며 왔다. 교대역을 지나서는 게토레이를 다 비워 빈 병을 들고 가는데 쓰레기통이 눈에 안 띈다.

서초 1교를 지나서 바로 용허리공원 방향으로 골목길에 접어들어, 고물상에 빈 병을 던져놓고 코오롱 스포렉스 쪽으로 진행. 또 그 뜰의 사과의 성장 정도가 궁금했다. 얼마간 그 사과나무를 보지 못하게 되면 꼭 궁금해진다.

다가가 보니 사과 크기는 당구공과 탁구공 크기의 딱 중간 정도 되겠더라. 몇 커트 남겼다. 그런데 또 자라나는 사과의 3분의 2 정도는 포장지로 싸여있다. 이유를 모르겠다. 볕을 받아야 사과 자체가 빨갛게 탐스러워질 텐데….

어느 해인가 경북 영주 쪽 여행을 한 적 있었다. 도로변의 사과 과수원들 그 밭 바닥에는 은박지들로 쭉 깔아놓아 반짝반짝하더라. 첨 보는 광경이긴 했지만, 햇빛이 바닥에서 반사하여 볕을 잘 받아먹지 못하는 사과 밑부분까지 볕을 들게 해서 더 잘 영글라 한 것으로 짐작이 갔었다. 그런데 여기는 아예 차단시키고 있으니 당최 무슨 이유인지 모르겠다.

그렇게 사과밭을 지나고 강남대로를 건너 삼실 도착 7천 보. 짐 정리하고 찬물로 행궈 냈다. 병가 내는 동안 한 번인가 전기면도기로 대충 밀어 보기 싫게 삐죽이 삐뚤빼뚤 튀어나온 흰 백이 성성한 수염들을 싸악 밀어댔더니 뽀얀하다.

3주 전 술 먹구 갈았던 광대뼈 부위의 상처가 유난히 짙은 색으로 더 변질된 느낌으로 확연하게 눈에 띈다.
보기 싫지만 이러다 서서히 가시겠지…
아니어도 할 수 없는 아침이다.

좋은 하루~ 또 좋은 한 주 맞으시게들~~~

행복

2023. 07. 27.

날이 덥소.
어제 술두 안 먹는데 술자리에 끼어 앉았었다. 술 먹구 함께 흥청대야 제맛인디 그러지 않으려니 으지간히 껄끄럽지가 않았다.
웃는 것두 그저 피상적 웃음뿐인 것만 같아 삶이 겉도는 느낌마저 들었다.

자리 정리하곤 먼저 일찍 나왔다.

배어나는 땀 기운에 옷가지들이 피부에 달라붙는 느낌이 들 무렵인 늦은 밤에 집 도착. 서둘러 땀이 더 배기 전 옷을 홀라당 벗어 재끼고 찬물로 씻어냈다.

불과 3주 전 찰과상으로 상처 부위 물이 안 닿게 며칠을 씻지 못했던 때 들었던 생각―사소한 샤워마저 맘껏 하지 못하는 신세가 처량만 하던―을 감안하면 이렇게 맘껏 씻어낼 수 있는 것만으로도 참으로 행복한 일이 아닐 수 없다.

찬물이 온몸을 씻어내릴 때의 청량함. 하루 종일 쌓였던 마음속의 혼탁함마저 땀 기운과 더불어 모조리 씻겨 내려가는 그런 개운함이었다.
그렇게 개운하게 깔끔히 씻은 후의 수박 한 조각. 참 행복은 무지개 너머에만 존재하는 것이 아님이 분명해진다.

편안한 몸과 마음으로 잠자리에 푸욱 빠져 들었다. 수박을 먹은 탓인지, 푹 숙면을 취하였다고 생각했는데 용변이 급해 깨어보니 새벽 한 시. 글구 또 취침.

오늘 아침 어지러움이 한결 가셔진 느낌이다. 출근해서 씻구 자리에 앉아 주말과 그 너머 이어지는 휴가 며칠을 생각하자 맘에는 여유가 들어서는데 딱히 기대되는 이벤트는 암것두 없다.
그저 민턴만으로도 흥분되던 열정도, 없던 술 쾌를 엮어내던 기쁨도 다 멀어져 가거나 멀리해야만 하는 처지가 씁쓸하기만 한데….
결국엔 누구나가 언제까지나 한창때의 그 기운으로 살아갈 수는 없는 법. 일상의 소소함이 크나큰 행복으로 여겨지는 껀수를 맹글어 봐야겠다.

그래. 장모님이 함께 델구 살던 장순이가 그 쥔장과 마당 딸린 주택에서 요양하고 있는데 가 보고는 싶었으나 장모님의 깊은 세심함에 고개를 끄덕이지 않을 수 없었다.

　그 집으로 이사 간 후 그 어느 날, 장순이를 따뜻한 물로 씻어줬더니 상태가 아주 많이 호전됐다고 전해 들었다.
　그래서 함 보러 가자 했더니 장모님이 그러시더라. 십수 년을 함께 지내왔던 터라 가서 잘 지내고 있는데 한 번 회동하게 되면 장순이도 장모님도 서로 더 보고 싶어 할 게 분명한지라 그게 염려되신다 그랬었다.

　그런데 얼마 전 또 그런 얘기를 전해 들었단다. 장순이 델구 그 동네 산책 나가다가 지팡이 짚고 다니는 동네 할머니 보면 장순이가 장모님인 줄 알고 쫓아다닌다는 얘기를 들으시더니 눈물을 훔치셨단다.
　평균 수명을 이미 넘어선 장순이가 보고 싶다고 함 가보자고 며칠 전 그러셨으니, 장모님 모시고 이번 주말엔 장순이 보러 함 가봐야겠다.

　다행히도 큰 개를 별루 달갑게 여기지 않던 마눌도 그 장순이가 보고 싶은 가 부다. 어젯밤 아들보고 장순이 보러 가자고 제의하더라. 그 톤에는 보고 싶어 하는 마음이 실린 게 분명하게 느껴져 다행으로 여기고 함 다녀와야겠다….

마눌이 어젯밤 엄마네 열무김치 거의 다 떨어졌다고 김치를 담아놓고는 출근 전 갖다 드리고 갈 수 없냐 묻길래, 새벽녘 일찍 깨서 부산함을 즐기는(?) 나인지라 당근 오케 했었다.

일어났다. 04:13.
건조대에 있는 그릇들 정리하고 나자 배고프다. 아침 식사가 너무 일러 점심 전 배고프니 가급적 더 늦게 먹으려는데 그게 잘 안된다. 눈만 뜨면 배고프니 원….

어제 퇴근하고 두 개 사 온 오이가 눈에 안 띈다. 늘 두었던 야채실에 없어 찾고 찾다 없어 내가 안 사 왔나… 헷갈리기까지 한다.
새벽잠 많은 마눌을 되도록이면 그 곤한 잠을 방해하지 않으려는 편인데, 영 안 보이길래 물었더니 씻어 잘라 진공 용기에 담아 놨단다.

한 개 꺼내어 양파 오이무침을 고추장 한 숟갈 푹 떠내어 식초 좀 가미해서 새콤새콤하게 무쳤다. 그리고는 어제 끓여놓은 건새우 아욱국에 밥 한술 떠 말아먹으면서 중간중간 새금새금한 오이무침을 양념으로 칼칼하게 먹어두었다. 도시락 두 개를 뜨자 밥이 한 공기만 달랑 남는다.

무압력으로 밥 조금 안치고 김치, 요거트 들고 나섰다. 그 시간 05:40경.

늘 전화를 칼같이 받으시는 장모님이 안 받으신다. 집으로 갔다. 집 앞에서 또 전화했다. 또 안 받으신다. 그냥 열구 들어갔다.

화장실서 인기척이 난다. 현관 안에 김치 등을 놓고 나왔다.

늘 새벽에 활동하셔서 새벽이구 언제구 절에 계실 때에는 노크 없이 드나들었었다. 누구든 드나들 수 있는 환경이었기에 늘 사람을 맞을 수 있는 상태로 대기하셨던 어머니셨다.

얼마 전 주말 새벽에 노크도 없이 찬거리 갖고 방문했더니 시원한 차림으로 계셨던 어머니가 소파에 앉아 계시다가 좀 당황한 듯 치마고름을 고르시더라.

아… 당신만의 공간이라서 절에 있을 때보다 훨씬 더 편안하고 행복하시다던 어머니.

그런 편안함에 편안한 차림으로 있는데 느닷없는 방문이 그 편안함을 훼방놓을 수도 있다는 생각이 불쑥 들었었다. 아무리 임의로운 관계라 하더라도 사전 방문을 알리어 당황하게 하지 말아야 겠다라는 생각이 들었던 거다.

착각

2023. 08. 10.

장모님 댁에 다녀와 색 바랜 머리칼을 부지런히 염색하고 헹궜다. 구찮지만

염색하구 나서 머리를 감은 후 거울을 보고 빗질을 하는 순간만큼은 생기가
돌듯 기분은 참 좋아진다.

　도시락 챙겨 둘러메고 나섰다. 걸어갈까 생각하다가 기상 상황두 염려되어
편안하게 버스로 이동, 서초역서 환승했다.
　기다리는 유일한 노선버스가 거의 늘 곧 도착 란에 뜬다. 고맙다. 앞선 이들
셋. 그 뒤에 좀 떨어져서 기다렸다.

　블루 버스가 다가선다. 앞선 이들이 탈 줄 알았는데 셋 모두가 타려는 기색
이 안 보이고 비켜서 다른 노선을 기다리는 눈치다.
　머여… 하며 혼자 탔다.

　거의 텅텅 비다시피 한 버스에 가장 편안한 자리에 앉았다. 교대역을 지나
고 롯데칠성을 지나고 강남역에 직진 신호가 딱 끊기는가 싶더니 난데없이 우
회전을 하는게 아닌가….
　어라? 노선이 바뀌었나… 기사에게 물어보려다가 참구 일단 내리구 봤다. 내
려 버스를 봤더니, 이뤈!!! 내가 기다리던 740번이 아니라 541번 아니던가….

　환승 시 앞서 기다리던 사람들이 선뜻 타지 않았던 게 바로 740번이 아니어
서 그런 걸 그네들을 나무랐다. 왜 타지두 않을 거면서 앞서 있었냐고 혼자
속으로 그랬던 거다. 순간적 착각은 늘 내 주변에 산재해 있는 느낌이다.

회복 후 첫 운동

2023. 08. 12.

오늘 4주 만에 처음으로 민턴했다.

첫 겜. 약간 적응이 안 된다. 두 겜을 연속하고 10~20분 쉬다가 두 겜 더. 잠시 쉬다 마지막으로 붙었다. 세트 스코어 1:1

마지막 결승. 시소게임을 이어가다 막판 20점을 우리가 먼저 다다른 후 갑자기 상대 팀이 의기소침한 건지 맥없이 자빠진다.

총 7겜.

괜찮다. 어지럽지 않다. 함께 늘 운동 후 술 마시던 형한테 그랬다.

"형 나 술 못 먹어."

늘 운동 끝나구 술 한잔 함께 나누지 못하는 거이 미안해서 그렇게 인사하구 나왔다. 집에 와서 사골 칼국수를 끓여 볶아났던 호박채 볶음을 넣고 바글바글 잘 끓여놓고 한 젓갈 해봤다.

맛나다. 참, 사진 한 컷 남겨야지. 하구 폰을 열었다. 찍구 봤더니 부재중 전화가 와 있다. 열어봤다. 그 형이다. 두 통이나 와 있는데 뻔하다. 어디선가 술 먹다 전화한 것이리라. 칼국수 먹다가 전화해 봤다. 절반 정도 취한 상태 같다. 한잔하잔다.

칼국수를 마저 다 먹구 약속 장소 나와서 몇몇이 자리했는데 짜르고 짜르고 참 마디게 마셨다. 두어 시간 지나는 동안 그렇게 마디게 마시니 술은 벨루 안 췌더라.

다들 보내고 아이스크림 사 들고 집에 들어왔다. 술 마신 티를 전혀 안 냈더니 꼬치꼬치 캐묻지도 않더라.

술을 마셔도 이렇게만 마시련다. 술 쾌는 절대 내가 먼저 만들지 않으련다…. ㅎㅎ

가을 전령

2023. 08. 14.

귀뚜리들이 제 세상 만났나 부다.

숲속 서리풀 공원 데크 길가에도, 도심 교대 울타리 풀숲에서도, 서초동 신동아 아파트 화단에서도 아우성 그 자체다.

우리 인간의 신체의 비밀만큼이나 자연의 섭리 또한 경외스럽다.

버스 출근

2023. 08. 16.

좀 늦은 시간 기상. 어제 재워놨던 돼지 앞다릿살 볶아 남아있던 밥과 챙겨 넣고 출발.

이른 아침 공기가 무겁지 않다. 습한 정도가 훨 덜하여 활동하기 좋은 계절이 다가옴이 미세하지만 확연하게 느껴졌다.

골목길 다 나와 서초대로에 접어들었다. 내가 타고 다니는 유일한 블루 버스가 길 건너 정류소에 들어선다. 순간 허탈하지만 한두 번 겪는 게 아니니 대수롭지두 않다. 그런데 정류소서 볼일 다 본 버스는 부르릉 막 출발한다.

정류소 앞 횡단보도 보행 신호에 걸릴 수도 있어서 기대를 갖고 신호 떨어지길 기다리는데, 길 건너서 기다리는 사람의 그 심정을 아는지 모르는지 버스는 지멋대루 후까시를 방방 넣으며 횡단보도를 무심히 통과하고…. 버스 꽁무니가 횡단보도를 다 지날 무렵이 돼서야 노란 경고등이 들어온다.

횡단보도를 건너며 다음 차량을 검색해 봤다. 8분 후 도착이란다. 미련 없이 서리풀터널 방향으로 돌아섰다.

터널 지나자 또 귀뚜리들의 좌우 서라운드 향연이 울려댄다. 보행로의 차도 쪽엔 가로수만 듬성듬성 있어 얘네들이 기거할 곳이 마땅찮아 보이는데 어디서들 울어대는지 그곳에서두 아랑곳없이 씩씩하게들 울어댄다.

서리풀 문화광장을 지나고 사랑의교회에 이르러 시계탑은 06:26을 가리키고 있어 3분 내 승차하면 버스비 오르기 전 요금으로 승차할 수 있는데… 하고 살짝 기대하며 버스 도착 알림이 판을 보니 5분 남았다. 1,500원짜리다. ㅋㅋ 에이, 아쉬워라. ㅎ

그렇게 탑승, 강남 도착. 엘을 탔다. 반바지에 운동복 차림의 나를 뒤늦게 탄 직원이 뒤돌아보며 살피는 듯 보였다. 그러거나 말거나 3층에서 내렸다. 삼실 도착, 짐 풀어 쟁겨 넣고 또 한갓지게 냉수욕 시원하게 하련다~~~

조은 날~~~

반성

2023. 08. 17.

어제 퇴근 무렵 술이 몹시 땡겼다. 내일을 생각하기 싫어 그냥 암 생각 없이 푸고도 싶었다. 불과 얼마 전처럼.

가만히 생각해 봤다. 흥청망청 술 먹구 때론 길을 잃고 수 시간을 길바닥을 헤매이다 겨우겨우 집에 들어왔었던 기억. 여기저기 부닥치고 까인 채로 들어왔었던 건 몇 번인지 몰겠고.

심지어 아무리 떡이 되어 맛이 가더라도 얼굴만은 갈은 적이 없었는데 최근

200

엔 두 번이나 피투성이가 되어 들어왔었던 기억, 술 먹다 정신줄 놓고 그 자리서 퍼져 자다 뒤늦게 깨어 귀가 시간은 상관없이 들어왔었던 일 등.

그 수많은 음주 전력에 가슴 쓰린 일도 많았건만 그래도 한결같이 자신의 본분을 지켜와 줬던 마눌. 어쩌다 술 안 먹구 일찍 들어와 주방일을 좀 하노라면 술 안 먹구 일찍 귀가해 행복한데 주방일까지 하고 있으니 더 행복하다고 하던 마눌.

그런 마눌을 가만 생각하자니 땡기기만 했던 알콜의 유혹이 저만치 휙 달아나 버리더라.

퇴근 시간이 가까워 와 저녁밥 한술 뜨고 채비하고 정시보다 한 10분 늦게 18:10경에 반바지 차림으로 삼실을 나왔었다.

별로 즐거움이 없던 하루가 퇴근 무렵 걸어 퇴근하는 게 하나의 즐거움이 된 지 오래고, 또 집에 가방을 부려놓고 장에 가 하루 장사 마무리를 짓는 시장 상인들의 떨이를 외치는 그 기운을 직접 느끼는 것 또한 큰 즐거움 중의 하나이다.

남성시장 야채상들 중 젊은 친구들이 하는 곳이 두세 군데 있다. 죙일 팔던 야채들을 저녁 파할 무렵이 되면 가격을 낮추거나 덤으로 더 추가해 떨이를 한다.

그 떨이하는 물건 중 내가 필요로 하는 물건이 있으면 횡재라도 하는 양 뿌듯함이 든다. 재래시장만이 안길 줄 아는 묘수인 거다.

그렇게 이것저것 배낭에 챙겨 넣고 시장 건너 동작대로변 횡단보도 옆에 붙들어 매 놓은 잔차를 끌고 골목길 돌아오는 길에, 집으로 향하는 골목에 접어들자 저만치 다른 골목서 나와 같은 방향으로 걷고 있는 이의 뒷모습이 낯익다.

어라?

긴가민가했다. 걸음걸이나 들고 있는 가방을 보니 마눌 맞다. 접근하여 땡땡땡!!! 요놈의 따릉이 울림 장치가 거의 사용 안 하다 보니 제대루 울려대질 않는다.

멋대가리 없는 땡땡 소릴 듣고는 가던 길 계속 가면서 놀람 없이 살짝 뒤돌아보며 대수롭지 않은 듯 맞는다. 함께 걸어 집으로 그리고 찬물로의 온몸 헹굼으로 귀가 일정을 마무리한다. 술을 이겨낸 후의 참 개운한 맛이 있는 저녁 시간이다. ㅎㅎ

여름이의 귀한 눈 인사

2023. 08. 18.

지하에서 씻고 올라왔다. 엘이 1층에서도 서더라.

직원들이 두세 명 정도 타는 듯하더니 계속 하나둘 뒤이어 연속 탄다.

뒤늦게 그 여름이(생후 25개월된 아이)가 유모차에 앉아 들어온다.

"아… 여름이 왔어?" 아는 척을 해봤다.

마스크를 쓴 채 바닥을 지긋이 바라보며 너 떠들어라 하듯 무표정으로 있는 여름이.

잠시 1층서 2층으로 엘이 이동하는 그 짤막한 시간에 아무 행동 안 하기는 머쓱할 듯 해서 아래를 보고 있는 여름이의 눈길이 닿는 곳쯤에 손짓을 해줬다.

반짝반짝 작은 별~♬ 같은 시늉으로.

그런데… 아래로 향한 그 표정엔 느긋이 변함이 없다.

2층에 도착해서 엘 문이 열린다. 그 아빠가 후진으로 유모차를 뺀다. 빼구 나서 왼쪽으로 방향을 틀기 직전에서야 관심 없듯 하던 눈길을 고개를 들더니 슬그머니 나를 바라본다.

낯선 이들 있는 공간에서 인사말을 건네는 사람에게 호응하기는 부끄럽기도 해서 무반응처럼 연기하다가, 헤어지는 순간에는 용기백배하여 눈길이라도 마주쳐 준 것이리라.

그 짧은 순간의 눈길이 그저 스쳐 지나치고 마는 그런 눈길하곤 그 질이 현격히 다를 것이리라.

마치 큰 선물이라도 받은 것처럼 흐뭇한 눈인사가 아닐 수 없던 순간이었다. ㅎㅎ

포차에서의 대낮 만찬

2023. 08. 21.

지난번, 날짜도 잊어먹어지지 않는다. 2023. 7. 2.(일).

오전 운동하구 오후 내내 술 먹구 들어오다 낮짝 갈고 말았던 그 술 멤버 형이 어제 톡이 왔다. 랍스타 먹으러 가잔다 방배역으로.

마늘과 한 시간 반가량 맨발 걷기 한 후 씻구 나서는데… 때마침 거실 욕실서 샤워를 다 마친 마늘이 문 열구 나온다.

"나 나갔다 오께." 하자

"어딜 가욧!!! 또 그 냥반이지?"

여자의 감각은 참으로 기가 막히다. 딱 맞춰두 어쩜….

전에 먹던 포차로 나오란다.

"아니 형!!! 거기가 벌써 문 열어?"

때는 오후 1시, 우리만의 자리 특별히 준비했단다. ㅋㅋ

잔차로 이동했다. 들어섰다. 한쪽 구석 한갓진 자리 잡아 놓고 수다 떨구 있더라. 새로운 인물도 하나 더하여 포차 사장과 넷이 자리하고 있었는데….

그런데 새로운 인물이 꽤 미인이다. 나이는 나와 비스무리해 보이는데 관심을 안 둘 수 없을 정도의 미인이다. ㅎㅎ

그 형 신나게 떠들어 댄다. 그 형의 농에 그녀들 자지러진다. 깔깔거리는 웃음 속에 술병이 연신 비어 나가고.

재치 있는 포차 사장은 꺼내 놓은 지 오래된 맥주는 도로 다른 시원한 걸루 바꿔 내와 술맛을 더해가고…. 먹는 중에 오리 삼겹살 훈제 요리가 배달되더라. 참 푸짐하기만 한 술상이 되어버렸다. 여인네들의 웃음소리 속에 오후 시간이 아득히 멀어가고….

파하고 나와보니 아직두 환하다. 돌아오는 길에 산촌에 들려 한잔 추가한 후 귀가했었다. 잔차를 잘 받쳐났는지 가져는 온 건지 가물거려 나가보니 지대루 주차되어 있더라.

식탁 한가운데 놓인 김치볶음밥으로 한술 뜨고 난 후 밥 한 개, 사과 한 개, 고추장멸치볶음 챙겨 넣구 나왔다. 대문 옆 좁은 화단에서 귀뚜라미 소리가 웅장하다. 거의 확성기로 울려대는 듯하다.

서초역까지 오는 내내 곳곳의 풀숲에서는 얘네들이 어쩜 그렇게 한결같이 들 힘차게 울어대는지… 누군가가 그 소리를 오케스트라의 연주 소리라 표현했던 거이 어쩜 그리 딱 공감이 가는지….

과음으로 심들어 서초역서 버스를 탔다. 도착해 보니 문자가 들어와 있었다. 비상소집. 을지훈련 개시 문자다.

씻구 한숨 때리다 깨었다. 잘 주무셨냐고 직원들이 인사한다.
그랬다고 잘 잤다고…ㅋㅋ
어? 그런데 출출하다. 시간을 보니 8시 갓 지났다.
식당 메뉴를 보았다. 김치수제빗국이란다.
가자!!! 칼칼한 김칫국물로 속을 달래보고 싶었다.

칼칼하다. 속이 저절로 달래진다. 한 그릇 추가해서 마저 싹 비웠다. 늙어는 가도 이노므 식욕만큼은 젊은이 못지않다. ㅋㅋ

어제는 그제의 숙취로 무겁기만 한 몸을 이끌고 겨우겨우 걸어 퇴근했다. 교대 서초역을 지나 서리풀공원에 올라서서 공원마루를 경유, 그런대로 좀 더 걷는 코스로 내려오는데, 홀로 걷기 운동하는 아줌니 하나가 내 앞 10m쯤서 나의 페이스와 거의 같은 속도로 걸어 나가더라. 숲속이라 날은 어둑거리고. 요즘 길거리나 산책로서 묻지마 범죄가 흉흉하게 벌어지곤 하는 시기에 앞서 가는 저 언니 맘 편할 리 없을 것이 뻔하고.

걷는 방향이 내가 가고자 하는 코스 딱 그 코스로만 가더라. 간격이 더 멀어 지지도 좁혀지지도 않은 채. 사방은 적막하고. 거친 자갈이 많이 깔려 있는 곳 이라 자갈 밟히는 소리만 으적거리고.

서리풀공원엔 산책로가 곳곳에 뚫려 있어 거의 거미줄처럼 산재해 있다. 그 많은 산책로 중 딱 내가 가야 하는 길로 저 앞선 언니도 가는 거다.

얼마간 가다 말구 왼쪽으로 급하게 꺾이는 구간에서 이 여인 휙 뒤 돌아다 본다. 눈길을 바닥에다만 두고 쳐다보지도 않았다. 그 심정 충분히 이해 갔다. 산책로서 앞서가는데 뒤쫓아 오는 인간이 나의 페이스와 똑같으면 나두 짜증 나더라.

추월하든가 더 멀어지든가 하지 않는 거이 꼭 미행당하는 거 같은 그런 기분인 거다. 그런 생각이 들어가 페이스를 늦췄다. 그런데 또 갈림길에서 내가 가고자 했던 코스로 가는 게 아닌가…. ㅜㅜ

꼭 추적하는 거 같아 보일까 봐 다른 길로 빠져 귀가했었다.

새벽에 그렇게 요란하기만 하던 귀뚜리들의 합창 소리도 잠잠한 저녁. 집에 도착 샤워 후 잠시 누워 쉬었다. 단 하루의 숙취도 이젠 하루 죙일 간다.

그렇게 저녁을 보내고 오늘 아침 길을 나섰다.

몸이 한결 가볍다. 엊저녁 잠잠하기만 하던 귀뚜리들은 여전히 씩씩하게들 울어댄다. 오후 내내 뜨거운 기운에 젖었던 몸뚱이를 밤새 식혀진 새벽 기운을 틈타 마구 열정을 토해내는 거 같기도 한 새벽 기운이다.

조은 날~

배려

2023. 08. 24.

서초동 롯데칠성 앞 인도는 폭이 좁다. 두 사람이 서로 교차할 수 있을 정도다. 비 오는 날엔 그 좁은 인도에 군데군데 물이 빠지지 않고 고여 있다. 좁은 보도에 그렇게 물이 고여 있어 한 사람만 겨우 지나갈 수 있는 정도다.

저 앞서 마주 오던 언니 하나가 그 물 고인 곳에서 꼭 나랑 마주칠 것만 같다. 그럼 한 사람은 기다려 줘야 하니 내가 발걸음을 빨리 놀렸다. 덜 기다리게 하느라 내가 그리 서둘러 걷는다는 걸 눈치 깐 그녀. 마주칠 무렵 밝은 표정으로 살짝 묵례를 건네온다.

무언가를 맞나게 얻어먹은 듯한 아침이다. ㅋㅋ

만찬(?)

2023. 08. 24.

점심 후 삼성타운 지하 돌러 나갔다. 청사 밖 바로 정면 벤치에 아주머니 하나와 하얀 개 한 마리가 마주 보며 강아지가 뭔가를 맞나게 받아먹고 있더라. 그 짭짭거림으로 미루어 엄청 맛난 걸 먹는 거 같았다. 잠시 다가가 그 광경을 지켜보았다.

아줌니가 쥐고 있는 엄지와 검지 사이로 미세하게 삐져나와 있는 먹이를 그 덩치에 낯간지러울 만큼 얼마 안 돼 보이는 먹이에 연신 짭짭거리며 씹어댄다. 오로지 먹이에 집중, 주변에 있는 사람들 아랑곳없이 먹고 또 먹고 있는 그 풍경이 마냥 평화스러워 보였다.
"햐… 참 정말로 맛난 모양이에요…."

이 아줌니 얼굴 돌려 살짝 웃음을 던지고는 도로 또 먹이는 데 집중한다. 털이 짧은 하얀 중개 한 마리는 연신 쩝쩝거린다. 뜯기는 것이 아주 작기만 한 것일진대 쩝쩝거림은 먹방의 그 덩치들이 먹어대는 그것 못지않다. ㅋㅋ

조은 오후~~~

착각

2023. 08. 26.

그제 저녁 회사 인근에서 한잔 빨았다. 얼근하게 취기들이 올라오자 2차 얘기가 나오고 방이동 7080 얘기가 나왔다. 내친김에 택시 잡아타고 달려갔다. 들어서 보니 아담할 정도의 공간에 60 중반쯤으로 여겨질 만한 남자 둘이 오붓이 자리하고 있었다.

그 옆 주방 쪽 빈 자리에 자리하고 소주 맥주 주문하고 얼근하게 취한 동생이 무대 나가서 먼저 한 곡조 뽑아낸다. 얼근해지면 한 공간 사람들이 다 임의로워진다. 나훈아 노래 한 곡 취기에 부른 다음 옆 테이블의 남자들에게 다가가
"형님들 한 곡조 하시지요~~~" 하자,
"아아니!!! 이게 뭔 말이래유??? 형님은 그쪽이 형님 같구먼!" 한다.

이뤈!!!

어느 세무공무원의 세상 사는 이야기   209

장순이

2023. 08. 28.

마당 딸린 주택에서 장순이(흰 진돗개)를 돌보며 살고 있는 처외삼촌 댁에 장모님 모시고 마눌과 어제 오후에 다녀왔다. 서로 시간이 안 맞아 진작에 오려했던 게 어제서야 아다리가 닿아 다녀오게 되었다.

집에서 나오시는 장모님의 발걸음이 가벼워 보이고 얼굴 안색도 건강한 기색이 역력하여 올만에 장순이 보러 나들이 겸 나서는 기분인지라 그런지 참 건강해 보이셨다. 근 20년 가까이 늘 함께 살다가, 살던 집이 재개발로 인해 헤어진 지 두세 달.

네비 걸고 출발~
경부고속도로를 짧게 경유, 양재나들목으로 나가 현대차 본사 앞을 지나 성남 가는 넓은 대로를 혼잡하지 않게 잘 지나가는데….
그렇게 길을 넓게 뚫어 놓고는 네비가 제한 속도 50이니 60이니 하면서 땡땡거린다. 그것두 800m나 남은 지점부터 서둘러. 나들이 겸이라 가벼운 마음을 제한 속도가 태클 거는 격이다. ㅠ

세곡동 사거리서 대왕판교로로 접어들자 도로가 더 한가하다.
목적지에 다다라 마을로 접어들고 집 앞에 도착하자 주차 공간을 확보해 두곤 숙모님이 대문 밖에서 마중 나와 기다리고 있었다.

허리춤 높이의 나무 대문 너머로 삼촌은 우리를 맞이하였고 장순이는 그 나무 대문 틈으로 밖을 보고 있더라. 눈은 때꾼하고 표정은 없이 우리를 맞은 장순이는 우리들 살갗에 바짝 코를 들이대고는 냄새를 맡아본다.

기억에 남아 있는지 그닥 거부하진 않는데 쓰다듬어 주는 손길에 어색한 반응을 보이더라. 왜 귀찮게 만지느냐고 순응하지 않고 고개 돌려 만지는 손길에 입을 향하기도 하는데 덥썩 물지는 않을까 염려도 되었다.

장모에게도 내게도 아는지 모르는지 별 반갑다는 표정은 못 보겠더라. 뒷다리를 잘 가누지 못하여 현관에서 마당까지 대여섯 계단을 오르내리다가 중심을 잃고 난간 밖으로 잔디밭에 옆으로 떨어지기도 하고.

반기는 내색을 충분히 확인하지 못한 장모님은 연신 쓰다듬고 보듬어 보지만 얘의 반응은 신통하지 않다. 얼굴을 디밀어 애정을 나누던 예전의 그 방식대로 쓰다듬어 보지만 예전의 그 상태가 아니다.

거실로 들어가 차 한 잔 나누며 그간의 이야기를 주고받았다.
장순이가 더 한참 안 좋았던 상태로 이곳에 첨 온 모습을 본 이웃들이 얼마 못 살 거 같다는 말들을 하나같이 전했다는 이야기, 지팡이를 짚고 걸어 산책하는 이웃 할머니를 보면 혹 장모님인가 하고 한참을 따라다니곤 했다는 이야기, 아주 안 좋은 상태였다가 주인과 산책을 많이 하면서 건강해지고 좋아져서 동네 노인네들이 나두 쟤처럼 열심히 걸으면 쟤처럼 건강해지겠지 하면서 열심히 걸어야지 하고 말을 건넸다는 이야기 등.

두어 시간 앉아있다 나와 마트 들러 장 볼 거 본 후 장모님 댁에 들어와 저녁을 같이 해 먹으려 했는데….

모든 게 귀찮으신 듯 소파에 털썩 몸을 기대시고는 혼자 그냥 쉬고 싶으니 우리 둘이 가서 저녁 챙겨 먹으라 하신다. 당신은 알아서 챙겨 먹을 테니. 그런데 그 순간 느껴졌던 아까 출발 때의 그 안색하고는 확연히 달라 보이신다.

안색이 피곤한 기색이 현격하게 눈에 들어오더라. 이동하며 힘을 쓴 탓도 있겠지만 평생을 돌봐왔던 장순이가 올만에 보면서도 충분히 그 옛정을 주고받을 수 없었던 무표정한 반응도 허무함을 안겼으리라.

당신도 힘겨우신데 서로 돌봐오고 보듬어 주는 관계로 지내왔던 장순이와의 그 세월이 무심한 탓인가 보다 했다. 눈도 거의 안 보이고 귀는 아예 못 알아듣는 상태고, 뒷다리 하나가 제대로 움직이지 못해 비틀대다 넘어지기도 하는 장순이.

치매 등 여러 장애 말씀을 하시며 때론 그 주인마저 순간적으로 잘못 알고 물기도 한다는 장순이. 아파트에 거주하다가 장순이를 돌보기엔 아파트가 적당하지 않아 마당 딸린 주택을 일부러 새로 얻어 이사 왔던 삼촌이다.

그런 개에게 물리는 고통까지 감내해 가면서 끝까지 지켜주려는 그네들의 희생이 고귀한 듯 보이면서도 과연 그렇게까지 해야만 하는 건지 의문이 드는 것 또한 사실이다. 온전하지 못하여 여기저기 이상 있는 걔는 고통스럽지는 않을까….

우리가 떠날 때는 우리를 배웅 겸 아주 목줄하고 나와서 인사 나눈 다음 그 장순이를 데리고 그 삼촌은 또 동네 한 바퀴 산책을 나가신다….

아까 10시쯤 국밥 한 그릇 했는데 점심 먹자구 해서 또 따라 나왔다. 김치 찌개집이 만 원이다. 그 옆 순두붓집도 사람 줄지어 있고…. 아무디나 빈집 하나 골라 메뉴 보고 먹을 거 있어 드갔다.

차돌된장 두 개, 불고기 한 개, 고등어구이 한 개, 요렇게 4개를 주문했다. 앉은 자리가 주방 바로 앞이어서 홀 서빙녀의 분주함, 주방 아줌니의 허덕임. 다 한눈에 들어오더라.

그런데… 밥이 솥 밥이다. 주방장의 손놀림에 압력밥솥 하나하나가 증기를 힘차게 뿜어낸다. 참 많이두 오래 빠진다. 제대루 압력이 걸린 거다. 한참을 기다린 후에야 차돌 된장찌개가 밥 없이 찌개만 나와 테이블에 올려지고… 밥은 아직 안 됐나 부다. 뚝배기의 보글거림이 가라앉을 무렵 나머지 것들이 나오더라.

부산하게 음식을 나르다가 뚝배기가 넘쳐흐르기도 하고, 그 흘러넘친 곳을 또 치워야 하고… 힘겨운 표정으로 연신 밥솥을 옮겨 놓던 주방 언닌 그렇잖아도 바쁜데 흘러넘치게 해서 또 넘친 걸 닦아내는 홀 서빙녀를 혼내기도 하는데 안쓰러웠다.

다행히도 홀 서빙녀는 아랑곳없이 부지런히 하던 일 계속한다. 무슨 9천 원짜리 밥 한 끼를 압력솥 밥으로 내줄 것까진 없겠는데…. 공깃밥으로 대신해야 손님 회전율도 높이고 덜 힘들 텐데….

함께 자리한 넷이 모두 이구동성으로 의견을 공유했다.
나오면서 서빙녀에게 말 한마디 건넸다.

"넘 후하게 대접 잘 받구 갑니다. 가격을 올려도 되것어요~~~~~~ ㅎㅎ"

입장 차이

2023. 09. 06.

오래전 함께 운동하던 동료 여회원 누님의 이야기다.

주택에서 시어머니를 오래도록 모시며 사시던 당시 60 초반의 여회원. 그해 가을이 되었을 즈음 병수발 들던 그 시어머니가 그랬단다.
이 가을. 현충원 오솔길에 가면 낙엽이 소복이 쌓인 그 길을 낙엽 밟는 소리를 들어가며 걷고 싶다고.
그 순간 난, 아니 당신 몸이 션찮어 병치레를 하면서도 소녀 같은 감성을 지니고 있음이 참 고귀한 어른처럼 여겨져 감동 먹구 있었는데….

이 여회원, 툭 던진다. 아니 그 몸 갖구 현충원 오솔길은 무슨 현충원 오솔길이에욧!!! 내가 마당에 낙엽 뿌려 줄 테니 그거나 밟으시라고 야단쳤다면서 자랑스레 이야기하더라.

100세가 다 된 성치 않은 육신도 정신은 파릇거리듯 소녀 같은 감성을 지니고 있는 것이 얼마나 아름다운 건데 그를 짓밟는댜, 그래… 했었다.
훗날 그 이야기를 되뇌이게 됐을 땐 시어머니 병수발 하느냐 얼마나 고생스러웠으면 그렇게 반응했을까… 나름 그의 사정을 이해도 하게 되었다.

그 이야기를 옆 여팀장한테 들려주자 즉각 그 며느리 할머니를 칭찬하더라. 시어머니 모시고 산다는 것 그 자체만으로도 훌륭한 성품인데 더구나 시어머니가 밟고 싶다는 낙엽길을 만들어 주시겠다는 그 정성은 더할 나위 없는 성품이라는 거다.

듣고 보니 그렇다. 어떤 사정이 각자의 입장 차이로 달리 생각할 수 있음을… 미처 내가 생각해 내지 못했던 생각을 얻게 되는 것 또한 우리가 살아가면서 느끼는 귀중한 가르침이다.
혹 편협될 수 있는 사고를 다양한 관점에서 바라볼 수 있게 한 한 수의 가르침인 게다. ㅎㅎ

두부조림

2023. 09. 07.

퇴근해서 어제 마눌이 사다 놓은 두부조림을 했다. 1kg짜리 몽땅.

뒤늦게 마눌이 들어와 밥상을 차린다. 아들이 자리하고 마눌은 조리되고 있는 두부조림 그만 꺼내도 되냐 소파에 앉아 있는 내게 묻는다. 다 됐을 거라고 답했다.

식탁에 통째로 올려놓고 아들이 먹는데 그 먹는 상태가 좀 션찮아 보인다. 꼭 맛이 없어 깔짝대는 거 같다.

물었다.

"왜, 맛읎냐?"

"아니 어떻게 이런 맛을 낼 수 있지…?"

허탈했다. 나름 애써 정성을 기울여 한 건데 맛이 읎나 부네.

"왜, 맛없어?"

"그게 아니구 너무 맛있어. 어떻게 하면 이렇게 맛나게 할 수 있지?" 한다.

그럼 많이 먹어. ㅋㅋㅋ

아침 인사

느즈막이 출근 후 씻구 나서 구내식당 메뉴를 보니 김치콩나물국이다. 잘됐다. 해장용으로 딱이다. 식판을 받아 들고 자리하고 먹는다. 참 맛나다. 행복하다. 불과 3천 원이 주는 행복. 가늠할 수 없는 크기다.

찬으로 나온 장아찌, 소세지 볶음, 다 맛나긴 해도 김치콩나물국 위주로 먹다 보니 거의 다 남겼다. 아깝다. 빈 용기라도 있으면 담아라도 갈 텐데….

과감히 잔반 처리하고 엘을 탔다. 엘이 1층에서 선다. 낯익은 남직원 하나 타고 낯선 여직원(40대쯤)이 하나 타더니 또 낯선 젊은 남직원 하나가 탄다.
이 여직원 나중에 탄 젊은 남직원을 아는가 보다. 밝은 표정으로 안부를 건넨다.
"재밌어?" 다짜고짜 묻는다.

남직원의 대답은 건성으로 들었다. 기억도 안 난다. 그 여직원의 표정이 너무도 편안해 보여 보는 나도 즐거워졌다. 그래서 말 한마디 그 여직원에게 건넸다.

참 너무 편안한 행복한 모습으로 보여져 보는 이가 다 즐겁다고 건넸다.
환하게 웃는다. 환하게 웃는 모습에 한마디 더 얹었다.
"홧팅하셔~~~"

어느 세무공무원의 세상 사는 이야기 217

그리곤 바루 내렸는데… 아쉽다. 어느 서 무슨 과의 누굴까.

기분 좋은 아침 인사를 낯 모르는 직원하고 나누는 것도 참 행복한 일인 것이로구나. 그런 거구나…. ㅋㅋㅋ

걸을 수 있는 행복
2023. 10. 04.

04시 기상. 연휴 내내의 무알콜의 기운이 아침을 무겁지 않게 한다. 어제, 남성시장서 사다 갈치조림을 해놨었다. 두 토막만 건져 작은 용기에 담아 일찌감치 어머니한테 갖다 드리려다가 담아 놓고는 망설여졌다.

갈치가 그 가시는 있는 듯 없는 듯하여 분별해서 발라내기가 쉽지 않은 생선인지라 만에 하나… 하면서 포기하게 되더라. 함께 식사하는 자리라면 몰라도.

배고픔을 참다가 어제 삶아 놓은 고구마와 감자를 주식으로 김칫국과 곁들였다. 맛나다. 김칫국도 적당히 심심한 게 고구마 감자와 곁들이기에는 안성맞춤이었다. 밥은 한술도 안 떠도 아쉽지 않다(?). 그리고는 출근까지 시간이 많이 남아 신문 두 가지를 대강 살펴보고 채비하고 나섰다. 05:44.

기온이 13도라 반팔에 바람막이를 걸쳤다. 그럼에도 바깥의 쌀쌀한 공기로 바람막이로는 체온을 온전히 보호해 주지 않더라. 썰렁함을 안고 걸어 나갔다. 날이 추워 그런지 8월 하순의 그 쩌렁쩌렁하던 귀뚜라미들도 많이 잦아들고 여기저기 곳곳에서 울어대는 소리가 움츠러드는 소리 같기만 하다.

그런데 얘네들은 무얼 먹고 사는지 풀숲이 아닌 허드렛 물건 밑에서도 그네들 존재감을 알려댄다. 깊어가는 가을임이 선선함 속에서 느껴지자 스포렉스 옆 뜰의 그 사과들이 또 궁금해졌다. 얼마나 실하게 커져 있을까….

주로 다니던 서초동 골목을 젖혀 두고 서초대로를 따라 쭉 걸어왔다. 스포렉스의 사과는 누군가 따 먹은 건지 봉지를 안 씌운 사과들 수가 현저히 줄어들어 있더라. 글구 또 그 크기가 영 션찮다. 아마도 거름을 충분히 대 주지 않는 건 아닌가 싶었다.

지난 봄인가 작년 봄인가 그랬었다. 사과가 막 열릴 무렵 그 모습을 남기려 사진을 여러 컷 찍고 있을 때 동네 할머닌지 근처에 놀러 온 할머닌지 내가 사진을 찍고 있으니 묻더라.
"아니, 이게 무슨 나무래여?"
동네 사람은 아닌갑다.

"사과나무예요. 근데 이거요… 가을이면 여기 전체를 새 그물로 에워싸요, 사과 못 따 먹게."
내가 그러자 이 할머니 왈,
"아니, 그깟 것 좀 따 먹으면 어떻다고. *쯔쯔쯔*."
그렇게 판잔하더니 올핸 새 그물을 안 쳐놨는데 그 할머니가 따 잡순 건지 몰것다. ㅋㅋ

그를 뒤로하고 삼실 도착. 따뜻한 온수로 몸을 씻었다. 차분히 구석구석. 한

군데를 여러 번 문질러 대며 씻었다. 머리끝부터 양 발목까지 그렇게 씻구 나선 씻기 더 구찮고 허리를 더 굽혀야 하는 발은 젤 나중에 별도로 씻었다.

한 쪽씩 비누칠을 한 후 한쪽 손으론 비눗대를 잡고 서서 다른 한 손으로 천천히 반복적으로 씻어냈다. 속으로 내가 걷고 싶을 때 아무런 지장 없이 걸을 수 있게 해줌에 참 고맙다, 내 발바닥아… 하면서 말이다. ㅋㅋㅋ

조은 하루들~~~ ㅎㅎ

서늘한 계절

2023. 10. 05.

7,000보. 걸으면서 내두른 양손이 굳는다. 찬 기운에. 주먹을 쥐었다 펴는 게 슬로우 비디오다.

뜨신 물로 연신 온몸을 헹궈 대니 스르르 풀어진다. 벌써 따뜻함을 찾는 계절이 왔나 부다. 엊그제까지 늦여름 더위에 시달렸던 건지 아리송할 정도로.

조은 날 찾아가야지들~~~

술맛

어제 왕십리 돼지국밥집에 갔었다. 국물을 워낙 조아하는 편이라 늘 그래왔듯 국물을 쪽쪽 빨아 마셨다.

국물 추가하려 부러 더 "국물 좀 채워주실래요?" 했다.
젊은 서빙녀 그런다.
"국물 추가는 없는데여."
그러면서 다른 거 시키거나 국밥 하나를 더 추가하란다.
"아니, 국물 추가해 주시고 요금을 따루 받아여~~~!!!" 했다.
그런 거 없단다.

이뤈!!! 내 생전 이런 집은 첨 봤다.
젊은 직원이 모를 수도 있겠다 싶어 나이 지긋한 주방일 보는 듯한 아저씨에게 물었다.
"국물 추가 같은 건 없어욧!!!"
더 단호하다. 인상도 싫은 내색 강하게 신고서 말이다.
이뤈!!! 내가 공짜 술이라도 얻어먹으러 온 그지처럼 푸대접에 기분 잡쳤다.

"야 가자!!!" 했더니
"이건(첫 병 소주 5분의 3 정도) 먹구 가야지….."

맞다. 아깝다. 드러워두 참구 마셨다. 술맛은 더 쏠쏠하다.

매몰찬 쥔장이 고마운 겨 드러운 겨⋯ 젠장할⋯.

시월의 하순
2023. 10. 20.

03:50 기상. 올만에 된장찌개를 끓여봤다. 냉동실에 있는 꽝꽝 언 소갈빗살을 힘겹게 잘게 썰어내어 첨가했다. 한쪽엔 된장찌개, 다른 한쪽엔 두부조림 동시에 올려놓고 해봤다.

된장찌개는 그런대로 맛나다. 두부조림은 프라이팬에 조리한 그대로 맛두 보지 않은 채 마무리해 놓구 채비하구 나섰다. 05:20.

일찍 나와 여유 있게 가자 하고 서리풀 공원으로 향했다. 완만한 오르막의 골목길. 아침 공기가 쌀쌀한데 공원 입구 주변의 나무들이 가을바람을 맞고는 나뭇잎 흔들리는 소리가 스스스스⋯ 스산하게 들려온다.

계단을 오르는데 귀뚜라미들은 종적(소리)을 감춘 지 며칠 됐지만 가끔 어디선가 홀로 남아 울어대는 녀석의 울음소리는 힘겹고도 애처롭게 들려온다. 가끔 손전등을 밝히며 지나치는 사람 한둘. 늘 걷는 코스가 따분하기도 하여 오늘은 공원 마루에서 몽마르트르 방향으로 들어서서 무장애 데크 길로 걸어 내려가 봤다.

222

데크길 위에는 작은 낙엽들이 이리저리 말라비틀어진 채 널브러져 있음이 깊어가는 가을임을 알려주고 있었고, 몽마르트르 잔디 광장을 지날 무렵엔 가끔 봤던 토끼의 안부가 궁금해져 와 혹 눈에 띌까 여기저기 살펴보긴 했지만 보이진 않았다.

몽마르트르를 그렇게 지나고 서초경찰서 바로 옆 계단으로 내려와 반포대로를 따라 대검찰청, 대법원 앞으로 지나오는데 검찰청사 울타리 따라 쭈욱 늘어서 있는 화환들. 검찰을 응원하는 화환들로 가득하고 대법원 담벼락엔 얼마 전 영장 기각한 판사를 몰아붙이는 조화들로 넘쳐난다. 현재 우리가 처한 혼란하기만 한 정치 현실이 그대로다.

교대 남쪽 담장 따라 이어지는 사임당길 인도에는 어느덧 플라타너스 가로수 잎들이 점점 더 쌓여간다. 버스럭버스럭. 부러 더 낙엽을 밟으며 그 소리까지 담아봤다.
이젠 시월도 하순으로 접어들고 며칠 더 지나면 온통 세상이 시월의 마지막 밤 노래로 가을을 더욱 시리게 물들일 테고….

감상과 우수에 젖는 많은 이들은 소주 한잔과 더불어 깊어 가는 가을을 곱씹을 게다 하며 삼실 도착. 1시간 29분, 9,700보.

스산해지는 계절, 마음 따뜻해지는 좋은 만남 오늘은 꼭 이어가셔여~~~ ㅋㅋ

인연

2023. 10. 30.

어젯밤. 좀 더 늦게 자려 티비를 보는데 난 별 관심 없는 프로를 울 마눌은 재밌다고 본다. 때론 자주 호탕하게 깔깔도 거린다. 별것 아닌 것에도 재밌어 하는 마눌이 참 다행스럽고 고맙게만 여겨진다. 자기 삶에 드리워진 온갖 힘 겨운(?) 환경에도 아랑곳없이 말이다.

마눌이 잠시 주방에 가는 사이 채널을 돌렸다. 그런데 금방 돌아오더니 왜 딴 디 트느냐고 나무란다. 아니 그런 프로가 뭐가 그리 재밌다고… 걍 리모컨 건네주고 자러 먼저 들어왔다.

얼마간 티비를 보던 마눌. 재밌다는 프로가 끝났는지 들어온다. 들어오며 햇님이 들어가 자자고 여러 번 채근하더라.
햇님은 마눌보고 먼저 드가 자라고 그러는지 그냥 거실에 남아 있나 부다.
마눌 들어와선 햇님이 자기 말은 잘 들으니 들어오라고 얘기하란다.
바로 그랬다. "햇님~~~ 들어와 자자~"

잠시 후 발소리가 들린다. 딱 한 마디에 들어오더니 자기 자리—침대 옆 매트리스를 침대 높이 절반 되게 만들어 놓은—에 옆으로 쭉 펴고 누워 잘 채비 하더란다.

그 전날 잠 안 자고 암두 없는 어두운 거실에서 우리는 느끼지 못하는 작은

224

소리에도 시끄럽게 짖어대는 통에 신문지 말아 회초리 만들어 들어가라고 경고하자, 겁먹은 표정으로 슬금슬금 눈치 살피며 겨 들어왔던 햇님이.

그 이튿날이 되자 엄청 또 아양 떨더라. 아마도 전날 밤 자길 혼내킨 아빠의 자기를 향한 마음을 확인해 보려 하는 제스처처럼 느껴졌다. 안아 올려 침대에 올려놓자 자기 몸뚱이를 이내 내게 찰싹 붙여놓고 쉬기도 했던 햇님이.

전날 혼이 난 경험이 뇌리에 박혀 그 담날인 어젯밤엔 순순히 따랐던 건가 부다. 본인 의지로 태어나지 않은 우리네 인생이나 견공의 삶. 다 나름 행복하게 살다 가야것지….

지금 중동에서 일어나고 있는 상황까지 연상되는, 그들은 무슨 잘못으로 그렇게 늘 전쟁의 포화 속에서 살아가야만 하는 건지….
이 나라에 태어나 나이 60 먹도록 큰 탈 없이 버텨와 준 나와 내 주변의 인연들에 감사하지 않을 수 없는 아침이네 그려. ㅎ

헬리코박터균

2023. 11. 06.

가을비가 추적추적. 삼실에 도착했다. 술두 2주간 안 먹었는데도 몸은 천근만근이다.

근력운동을 하려 했지만 만사 구찮다. 헬리코박터균 약을 2주간 복용하는 게 낼 아침으로 끝난다. 걸러두 안 되고 복용 중 알콜 드가도 안 된다 해서 철저히 지켰다.

이렇게 매가리 없는 게 그 약 탓으로 여기고 희망을 품어 보련다. 수욜부턴 좀 더 수월해지겠지….

과식

2023. 11. 07.

어제 점심시간 전 아는 형이 연락 오더니 점심 같이 하잔다.

"난 도시락 싸 와 까 먹는디…." 했더니, 무슨 도시락이냐 맛난 거 살 테니까 같이 먹잔다. 그런데, 이 형 12시가 돼서도 안 온다.

12시 10분쯤 만나 가까운 데로 드가 불고기를 시켰다.

먹고 있는데 돌솥밥을 내준다. 나무로 되어 있는 뚜껑을 열어봤다.

햐… 찰진 윤기가 차르르르 눈을 확 사로잡는다.

70년대 가을 추수를 마치고 그 갓 수확한 아키바레 벼를 첫 방아 찧어 가마솥에 해서 내온 기름기가 좔좔좔 흐르던 그 옛날 그 추억이 선뜻 떠올랐다. 찬 없이도 맛만 기가 막히던.

다웃이구 뭐구 마구 먹어댔다. 배부르다. 먹는 욕심이 인내를 압도하고도 남는 격이다.

한 2kg은 불었을 것 같다.

땅콩버터

2023. 11. 07.

퇴근 무렵, 저녁용 도시락을 하나 까 먹구 나섰다. 비는 흩뿌리는 정돈데 이 노므 바람이 장난이 아니다. 꼭 태풍이 가까이 온 듯 이리저리 몰아붙인다. 펼친 우산을 주로 진행 방향인 서쪽으로, 거의 강한 바람으로 몸 앞에 두고 집에 도착.

오후 늦게 북적거리는 재래시장을 들러줘야 생기를 안고 올 수 있는데… 그 태풍 같은 바람에 포기하구 말았다. 이것저것 주방 정리하구 고등어조림을 안쳐 놓구 조리 중, 마눌이 그제야 늦게 들어온다.

늘 그렇듯 마눌은 삼실 영업 얘기, 동료들 얘기 늘어놓으며 자기만의 식단—완전 다웃용—을 준비해서 먹고 있는데 아들이 자기 방에서 나온다.

마눌이 묻는다. "밥 먹을 거야, 아들?" 먹는단다.

마눌. 자기 먹던 저녁 밥상 박차고 쉰나게 아들 밥상을 차려낸다. 그 행동이 넘 즐거워 보여 한마디 던져봤다.

"아들 밥상 차리는 건 엄청 즐거운 일인가 보네…." 하고 능청 떨어봤다.
마눌 이내 깔깔깔깔거리며 자기는 알아서 잘 챙겨 먹자나~ 하며 변명하느라 애쓴다.
"걍 한마디 해본 겨 멀…." 했다.

식탁에 앉아 이를 지켜본 아들이 그런다. 자기 친구 누구네는 식구들끼리 맨날 싸운단다. 심지어 그 친구 여동생마저 자기 오빠한테 잠꼬대를 빙자해서 욕까지 했더란다.
그 이야기를 건네는 아들이 전달하고자 하는 마음이 무슨 의도인지 충분히 짐작이 간다.

부추즙 마시고 식탁에 놓여진 땅콩버터도 하~~~ㄴ 숟갈 떠 먹어두 보고 그렇게 저녁을 보낸 다음 체중계에 올라봤다.
74.6kg
아니, 아침엔 73대였는데…. 저녁에 무려 1kg 이상을 흡입한 거다. 내일 아침은 어떨는지 하고 잠자리에 들었다.

오늘 아침 깨어나 냉수 한 사발하고 참… 또 체중계에 올라봤다.
72.5kg
아니… 잠자는 사이 무려 2.1kg이 줄은 거다. 땅콩버터의 위력인지 궁금해진다. ㅎ 인터넷을 검색해 보니 과다 섭취만 안 하면 만능이다. 안 좋은 곳이 없을 정도로 여기저기 다 좋단다.

도시락 챙길 때 그 땅콩버터두 한 그릇 챙겼다. 좀 더 그 효능을 체험해 본 후 친구들에게 알려줘야겠다. ㅋㅋ

고향 친구 부친상 조문

2023. 11. 28.

어제 고향에 있는 친구 부친상에 다녀왔다. 백수 시절, 거의 늘 동행하면서 함께 술을 달고 살았던 친구.

내가 회사에 들어오고 서울로 재상경한 이후론 먹구 사는 문제로 가끔씩 통화만 하다 어제 올만에 만난 거다.

장례식장에 들어서서 두리번거리다 짐작 가는 곳으로 다가가 보니 분명 친구 아버지의 밝은 표정의 웃는 얼굴이 또렷이 걸려 있고 상주 란에는 그 친구, 또 동생들의 낯익은 이름이 줄줄이 적혀져 있는데….

검은 상복으로 갖춘 채 쭉 도열해 서 있는 그 친구와 그 친구 동생들로 보이는 사람들. 그런데… 긴가민가하다. 저놈이 그놈 맞나… 들어서서도 잠시 망설여지는 마음이었다.

머리는 그 숱이 얼마 안 남은 채로 허연 빛이고 몸이 불어 비대함이 역력해서 잠시 헷갈리기도 했던 거다. 오히려 나는 모르겠는데 그 친구 여동생이

내 이름을 부르며 알아본다. 쭉 도열해 서 있는 이들을 일일이 소개하는데도 그런게비다 했을 뿐이다.

그래도 아버지나 할아버지 조문 온 사람들을 맞이하느라 애써주는 젊은이들이 대견하다고 든든하다고 칭찬 한마디 남겼다.

식당에 앉아 소주 한잔으로 마주하는데 한두 번 술자리 함께했던 언니 하나도 들어오더라. 누구에게나 막역하게 친근하게 대해주는 친구라 반가웠는데 수년 전 봤던 모습보다 오히려 더 앳돼 보이는 게 나만 더 늙어가 상대적으로 그렇게 보이나 했다.

상갓집에선 잔 부닥치는 거 아니라 했다가, 또 한잔 권하면서 자연스럽게 건배가 아니될 수 없다. 가신 분이나 남아 있는 식구들이 큰 속 안 썩히고 아부지를 모실 수 있는 것두 행복인 거지 머… 하며 잔 들 때마다 건배하며 마셨다.

그렇게 잠시 노닥이며 한잔을 나누다 버스 시간 맞춰 일어나 나와 상경했다. 주변의 어르신들이 하나하나 다 그렇게 가시고… 팔팔하던 우리네 육신도 어느덧 서서히 기울어져 감이 서글퍼져 오기도 하지만…. 이렇게 세상에 왔다가 노닥이다 가는 게 삶인 거지 뭐, 다른 특별한 거 있것남….

그래도 내 삶의 주변에서 같은 공감대를 가지고 살아가는 이야기를 함께 나누며 즐거워할 수 있는, 함께 늙어가는 친구들이 있어 줌에 고마운 세상이지.

암 그렇지… 그렇고 말고….

놀람

2023. 12. 07.

어제 6일 연속 퍼대구 드갔다. 짠쪼간 상태는 아니었다. 정신 똑바로 차리고 드간 거다.

마눌 그런다.

"그렇게 사람들 계속 만나고 다니는데, (퇴직 후 먹고살) 계획은 마련된 거지요?"

.
.
.
.

정신이 더 번쩍 든다….